Verlockende Tiefe

Buch 3
Karibische Abenteuerromantik

Anna Lowe

Inhaltsverzeichnis

Der Schauplatz in Bonaire

Verlockende Tiefe spielt auf Bonaire, einer kleinen Insel in der südlichen Karibik, die als eines der besten Tauchgebiete der Welt bekannt ist. Es ist ein winziges Fleckchen Land ganz weit weg von seinem Mutterland, den Niederlanden, die die Insel in der Kolonialzeit für sich beanspruchten und Bonaire bis heute als Besondere Gemeinde verwalten. Es ist ein großartiger Ort zum Tauchen, zum Entspannen und um die karibische Sonne zu genießen – zumindest für die meisten Menschen. Für Mia und Ryan jedoch… Nun, lies weiter!

*Serendipity: das Eintreten eines Ereignisses
durch glückliche Umstände.*

Kapitel 1

„Seid ihr bereit für ein weiteres großes Abenteuer?", rief der grauhaarige Divemaster. Mia grinste, als acht begeisterte Gäste antworteten: „Ja!"

„Seid ihr bereit für den besten Tauchgang hier auf Bonaire, der Taucherhauptstadt der Welt?"

„Ja!"

Hans zwinkerte Mia zu und fuhr mit seinem typischen Spruch fort: „Seid ihr bereit für Rock 'n' Roll?"

„Ja!"

Das Tauchboot glitt durch das türkisfarbene Wasser und plätscherte sanft auf den nachmittäglichen Wellen in der geschützten Bucht.

„Okay, Leute, bitte begrüßt unsere heutige Crew", fuhr Hans fort. „Wir haben die reizende Mia, eine erfahrene Tauchlehrerin aus New York."

Mia strich sich ein paar verwirrte Strähnen ihres sandblonden Haars aus dem Gesicht, winkte und fuhr dann fort, die Ausrüstung zu prüfen. Sie machte sich nicht die Mühe, ihren Chef zu korrigieren. Sie hatte nur kurze Zeit in New York gelebt, bevor sie in die Karibik kam, und diese Zeit wollte sie lieber vergessen.

„Mia ist nicht nur Tauchlehrerin, sie ist auch Seglerin", fuhr Hans fort. „Sie segelt mit ihrem Boot durch die Karibik!"

Die Gäste stießen anerkennende *Oohs* und *Aahs* aus und Mia konnte sich einen liebevollen Blick auf die *Serendipity* nicht verkneifen, die auf der anderen Seite der Bucht vor Anker lag.

„Du hast ein eigenes Boot?" Brenda machte große Augen. „Welches ist es denn?"

Mia errötete ein wenig und überspielte es, indem sie sich das Haar zu einem Pferdeschwanz band. Gut, dass eine perfekte Frisur keine Voraussetzung für diesen Job war, denn sie war wie immer vom Wind zerzaust. Ihr Haar war bereits vor dem Tauchgang ein Chaos.

Sie zeigte auf die anmutige Schaluppe, die in der Ferne vor Anker lag. „Das Boot gehörte meinem Großvater. Er hat es uns hinterlassen."

„Wie lange bleibst du in der Karibik?" Marc beugte sich vor.

„Drei Monate, vielleicht auch vier."

Ein anerkennendes Gemurmel erhob sich unter den Gästen.

„Genügend Zeit", sagte Marc.

Mia nickte. Sie hatte zwar noch keine langen Strecken auf der *Serendipity* zurückgelegt, aber ihre Schwester und sie hatten einen guten Start hingelegt. Drei Monate waren genug Zeit, um die Inseln zu erkunden, ein paar Abenteuer zu erleben und die Sonne zu genießen. Viel Zeit, um Mister Groß-Geheimnisvoll-Attraktiv zu vergessen, der sich als echter Idiot entpuppt hatte.

„Wir haben großes Glück, dass Mia diese Woche bei uns aushilft", schloss Hans.

Sie fühlte sich wie die Glückliche. Als Hans ihr angeboten hatte, einen der Liegeplätze der Tauchbasis zu nutzen, wenn sie im Gegenzug bei gelegentlichen Tauchausflügen half, hatte sie die Chance sofort ergriffen.

„Und apropos Glück, das hier ist Lucky, unser heutiger Kapitän", fügte Hans hinzu.

„Hallo, Lucky!", sangen acht Gäste wie auf Kommando. Oder vielleicht sieben, denn der in letzter Minute dazugekommene Mann, der in der Nähe des Hecks saß, zog sich still in den Schatten seiner Kapuzenjacke zurück.

„Hallo, alle zusammen!" Lucky drehte sich gerade lange genug vom Steuerrad um, um breit zu lächeln: ein Aufblitzen von Elfenbein vor seiner dunklen Haut.

„Lucky ist nach mehreren Jahren im Ausland wieder zurück auf Bonaire. Lucky, welches ist der beste Tauchplatz auf Bonaire?"

„Der, zu dem wir gerade fahren!“

Alle jubelten. Alle bis auf den letzten Gast, der sich versteckt hielt und leise mit seinem Fuß wippte. Vielleicht war er nervös. Hans hatte gesagt, dass der Mann den obligatorischen Checktauchgang an diesem Morgen mit Bravour bestanden hatte, aber man konnte es nie wissen. Mia nahm sich vor, ihn genau im Auge zu behalten, wenn der Tauchgang begann. Was bei diesem gestählten Körperbau nicht schwer sein würde.

„Mia, warum stellst du Stanley nicht alle vor, während wir zum Tauchplatz fahren?“, bat Hans.

„Ja, Mia, bitte!“ Stanley schwenkte seine Videokamera in ihre Richtung.

Sie setzte ein Lächeln auf. Für einen zahlenden Gast tat man doch alles, nicht wahr?

„Sicher. Wir haben heute Stanley und Brenda an Bord, unser glückliches Flitterwochen-Pärchen aus Detroit.“

Stanley schwenkte die Kamera in die Richtung seiner kurvenreichen Frau herum. „Ich liebe dich, Schatzi!“

„Ich liebe dich auch!“

Sie ging zwischen der Ausrüstung, die sich in der Mitte des Tauchbootes befand, weiter und zeigte auf die nächsten beiden Gäste.

„Und hier haben wir Dirk und Anna aus den Niederlanden“, fuhr sie fort. „Es ist ihre zwölfte Reise nach Bonaire.“

„Dreizehnte“, sagten Anna und Dirk wie aus einem Mund.

Mia seufzte innerlich leicht. Es hatte eine Zeit gegeben, in der sie sich vorgemacht hatte, dass sie auf diese Art von Beziehung zusteuerte. Aber es hatte nicht sollen sein.

„Sie befinden sich auf heimischem Terrain.“ Hans lächelte. „Diese Insel gehört schließlich zu Holland.“

Mia nickte. Das war es, was sie an Bonaire so liebte: das europäische Flair, das sich mit der üppigen karibischen Atmosphäre mischte. Die Insel hatte eine ganz eigene Kultur.

„Dreizehn Mal?“ Stanley pfiff.

„Glückszahl dreizehn“, scherzte der nächste Gast.

Mia stellte ihn für die Kamera vor. „Bruno aus der Schweiz...“

Bruno winkte.

„Und sein Lebensgefährte Marc."

Marc schlang einen dünnen Arm um Brunos breite Schultern und drängte sich ins Bild. „Hallo, Stanley!"

„Dann haben wir noch Pete, ebenfalls aus den Niederlanden, der gerade seinen Tauchkurs bei Hans absolviert hat."

Hans zeigte dem jungen Mann einen herzlichen Daumen nach oben. „Ich hatte noch nie einen Schüler, der so schnell gelernt hat."

Das sagte er über alle seine Tauchschüler, aber er meinte es jedes Mal ernst.

„Das bringt mich zu Hans", sagte Mia, „Spitzentaucher und seit stolzen sechsundzwanzig Jahren Besitzer von Calypso Dives auf Bonaire."

Er zwinkerte. „Das heißt, mein Geschäft ist wie viel älter als du, Mia?"

„Jünger, Hans. Dein Geschäft ist zwei Jahre jünger als ich."
Das schien Hans jedes Mal zu gefallen.

„Warum stellst du dich nicht selbst für die Kamera vor, Hans?", forderte sie ihn auf.

Hans zwinkerte. „Nun, ich wurde vor langer, langer Zeit in Holland geboren, aber ich schwöre, ich werde auf Bonaire sterben. Nur nicht zu bald, hoffe ich!"

Alle lachten. Sogar Mia, die den Witz schon öfter gehört hatte. Seine gute Laune war einfach ansteckend.

„Und unser letzter Gast heute–" Sie deutete in die Richtung des Nachzüglers, „ist... "

Sie beobachtete, wie er seine Hände zur Kapuze hob. Starke, kräftige, gebräunte Hände, die darauf schließen lassen ließen, dass er viel Zeit im Freien verbrachte. Vielleicht um Holz zu hacken oder Touchdowns zu erzielen oder mit bengalischen Tigern zu ringen oder so etwas in der Art. Unter der Kapuzenjacke war seine nackte Brust zu sehen, die eine Reihe perfekt geformter Bauchmuskeln offenbarte. Schade, dass Mia Männern abgeschworen hatte, denn dieser Typ hätte durchaus in einem Pin-up-Kalender abgebildet werden können: *Die heißesten Taucher der Welt.*

Dann zog er seine Kapuze ab und alles in ihr kam kreischend zum Stillstand. Die Art von Stillstand, die einem widerfährt, wenn man mit voller Wucht gegen eine Mauer prallte. Ihr Atem, ihr Kreislauf, ihre Gedanken – alles stand still.

Gott, bitte, nein. Nicht er.

Denn sie kannte diese durchdringenden, grünen Augen. Das zerzauste, braune Haar. Das starke, markante Kinn. Sie kannte jede Linie seines Gesichts und jede Kontur dieses harten Körpers... Genauso gut, wie er den ihren kannte.

Mit anderen Worten, intim.

Beim Anblick seines Gesichts stießen die weiblichen Gäste einen kleinen Seufzer aus.

„Hallo, Mia", sagte er mit so leiser Stimme, dass es wie ein Flüstern war.

„Du... du... " Sie suchte krampfhaft nach Worten.

Stanley kam mit seiner Kamera näher. Mia war sich nicht sicher, wem sie lieber eine reinhauen wollte, Stanley oder ihrem Ex-Geliebten.

Wahrscheinlich ihrem Ex-Geliebten. Ihrem Navy-SEAL-und-jetzt-New-Yorker-Polizisten-Ex-Geliebten. Demjenigen, der sich in den vier Wochen, in denen sie zusammen gewesen waren, nicht die Mühe gemacht hatte, diese unwichtigen Details aus seinem Leben zu erwähnen.

Vier leidenschaftliche Wochen. Vier wunderschöne Wochen. Möglicherweise die besten Wochen ihres Lebens. Er hatte sie völlig ohne Mühe im Sturm erobert und sie hatte sich vom ersten Tag an in ihn verliebt.

Doch in diesem Moment ballte sie ihre Hand zu einer Faust. Die winzige Beule an der Stelle, wo seine Nase einst gebrochen war – der einzige Makel in seinem hinreißenden Gesicht – bot sich als gutes Ziel an.

„Ryan", brachte sie hervor.

„Mia", erwiderte er ebenso verkniffen.

Die Kamera schwenkte zwischen ihnen hin und her und sie hätte sie fast weggestoßen, wenn Mutter Natur nicht dazwischen gegangen wäre.

„Delfine!", rief jemand und alle sprangen auf und schauten in die andere Richtung.

Alle bis auf Mia, die weiter mit Todesblick starrte, und Ryan, der diesem mit seinem unerschütterlichen Blick begegnete.

„Bist du den ganzen Weg nach Bonaire gekommen, um mich noch mehr zu blamieren?", murmelte sie über das Motorengeräusch hinweg.

Ryan zuckte mit dem Kopf von einer Seite zur anderen. „Ich bin gekommen, um mich zu entschuldigen."

Sie stieß ein humorloses Lachen aus und beugte sich zu ihm vor. Gut, dass sie stand und er saß; so war es einfacher, den Eindruck zu erwecken, sie sei imposanter.

„Ach richtig. Entschuldige dich. Tu es", forderte sie ihn heraus.

„Es tut mir leid, Mia."

Er sagte die Worte ernst, aber sie spottete nur.

„Großartig. Eine leise Entschuldigung, damit niemand etwas bemerkt. Versuche es einmal laut, Ryan, damit es alle hören können. Stell dich selbst bloß. Blamiere dich so sehr, wie du kannst, und du wirst immer noch nicht wissen, wie demütigend es für mich war."

Sie hatte noch nie in Erwägung gezogen, einen Gast über Bord zu stoßen, aber jetzt war sie ganz sicher in Versuchung. Und mit all dem Adrenalin, das durch ihren Körper rauschte, könnte sie seine achtzig Kilogramm Muskelmasse wahrscheinlich sogar über die Reling hieven.

„Ich wollte dir nie wehtun", murmelte er und verdammt, seine Stimme wühlte etwas in ihr auf.

„Meine Demütigung war öffentlich, Ryan." Sie versuchte, das Zittern in ihrer Stimme zu kontrollieren, denn er hatte es nicht verdient, sie so zu berühren. „Dort draußen, wo jeder es sehen konnte. Um mich auszulachen." Ihr Magen verkrampfte sich allein bei der Erinnerung daran.

Seine Augen blitzten auf und die Falten auf seiner Stirn wurden tiefer. „Glaube mir, sie haben ganz schnell aufgehört zu lachen."

„Ach ja? Und wann war das? Ich habe nicht gehört, dass du zu dem Zeitpunkt protestiert hättest."

„Mia, ich..."

Sie hob eine Hand. „Das will ich mir nicht anhören. Ich bin fertig mit deinen Spielchen." Sie schlug ihre Hände direkt vor seinem Gesicht zusammen. „Fix und fertig."

„Ich spiele keine Spielchen."

„Sicher doch. Außer mit meinem Herzen."

Er presste die Lippen zusammen und sein Rücken war kerzengerade. Gut. Vielleicht hatte der Mann ja doch Gefühle. Vielleicht konnte sie ihn ein wenig leiden lassen, so wie sie gelitten hatte.

„Mia, ich. . . "

Sie wandte ihm den Rücken zu und fing an, die Pressluftflaschen zu prüfen, während die anderen sich über die herumtollenden Delfine freuten.

„Seht mal!", schrie Brenda. „Die Delfine schwimmen direkt zu dem Schiff dort hinüber!"

„Was ist das für ein komisches Boot?", fragte Marc.

Mia senkte die Augenlider und kämpfte mit den Tränen. Wen interessierte es schon, was das für ein komisches Boot war?

„Das ist die *Neptuns Rache.*" Hans gestikulierte in die Richtung des von Rost zerfressenen Schiffes. „Es ist das Flaggschiff einer dieser extremen Umweltschutzgruppen, *Neptuns Ritter.*"

„Die, die sich Walfänger entgegenstellen?", fragte Brenda.

„Walfänger, Ölplattformen, allen möglichen Dinge", sagte Hans.

Mia trat einen weiteren Schritt nach vorn. Einen weiteren Schritt weg von dem Mann, den sie hier zu allerletzt zu sehen erwartet hatte. Aber verdammt, ihre Beine gehorchten nur langsam, als wäre sie immer noch in seinem magischen Bann gefangen. In Ryans Nähe zu sein, schien den denkenden Teil ihres Verstandes stets auszuschalten. Ihr ganzer Körper wurde heiß und ihre Nasenlöcher bebten, als wollte sie seinen Duft einfangen, um dieses winzig kleine Stückchen noch einmal von ihm besitzen.

Vielleicht könnte sie *Neptuns Rache* auf Ryan hetzen. Vielleicht würde das etwas nützen.

Sie bewegte sich in kurzen, ruckelnden Schritten, die nichts mit dem sanften Schaukeln des Bootes zu tun hatten, bis sie schließlich Lucky am Buk erreichte.

„Alles in Ordnung, Mia?" Wie immer entging Lucky nichts.

„Alles prima."

Situation normal, entschied sie. Alles am Arsch.

Kapitel 2

Es tut mir leid.

So einfach zu sagen und doch so schwierig, jemanden davon zu überzeugen.

Ryan holte tief Luft, so wie er es das letzte Mal getan hatte, als Mia ihm den Rücken zukehrte. Etwa einen Monat zuvor in New York. Jeder Muskel in ihrem schlanken Körper war steif und sie hatte die Fäuste geballt. Er hatte gehofft, dass vier Wochen ihren Zorn mildern würden, aber vielleicht brauchte sie noch etwas mehr Zeit.

Sagen wir, weitere sechzig oder siebzig Jahre.

Die Wut war allerdings nur der oberflächliche Teil. Darunter verborgen lag Schmerz und das war der Teil, mit dem er nicht leben konnte. Er hatte Mia nicht einfach nur wütend gemacht. Er hatte sie verletzt. Es spielte keine Rolle, dass die schrecklichen Worte, die sie gehört hatte, nicht so gemeint gewesen waren, wie sie sie aufgefasst hatte. Denn der Schaden war angerichtet.

Er fuhr sich mit den Fingern durchs Haar und schaute Mia nach, als sie davoneilte. Ihr blonder Pferdeschwanz wippte kaum, da ihr Schritt nicht mehr so schwungvoll war. Ihre muskulös geformten Schwimmerschultern waren versteift, aber trotzdem konnte er seinen Blick nicht abwenden. Sie ging so, wie sie schwamm: geschmeidig und leise, mit diesen durchtrainierten Armen und langen Beinen, die so anmutig dahingelitten. Eine Klasse für sich: Das war Mia.

Gut, dass diese Delfine aufgetaucht waren. Beinahe hätte er Stanley die Videokamera aus der Hand geschlagen.

„Man kann sie schnattern hören", rief jemand, der sich an den Mätzchen der Delfine erfreute. Und tatsächlich konnte er das hohe Quietschen und Klicken hören. Ein fröhliches Geräusch, das einem Menschen ein Lächeln ins Gesicht zaubern sollte, aber Mia schien es kaum zu bemerken.

Mia. Die fröhliche, optimistische Mia, runzelte die Stirn. Mein Gott, war er dafür verantwortlich?

„Delfine haben ein komplexes Kommunikationssystem", sagte Hans und fing mit einer langen Erklärung an, bei der Stanley die Kamera zwischen ihm und den Delfinen hin und her schwenkte. „Sie sind zum einen sehr einfühlsam."

Mia warf Ryan einen spitzen Blick zu und ging dann zurück, um die Ausrüstung zu prüfen.

Ja, er könnte wahrscheinlich ein oder zwei Dinge von Delfinen lernen. Wenn er Mia lange genug anquietschte, würde sie dann vielleicht zurückquietschen? Aber sie war so zugeknöpft wie ein Wintermantel, es lag also an ihm. Was wahrscheinlich bedeutete, dass er zum Scheitern verurteilt war. Denn die einzige Art der Kommunikation, die die Navy ihm beigebracht hatte, war A für Alpha, B für Bravo, C für Charlie. Obwohl V für *Völlig fertig* wohl besser passen würde…

Völlig fertig, ein bisschen so wie er.

Und auch ein bisschen wie Mia.

Sie verbarg es so gut, dass er keine Ahnung gehabt hatte, dass es eine alte Wunde gab, bis er es geschafft hatte, sie wieder aufzureißen und dieses ganze Drama erst auszulösen. Ein Drama, zu dem es nicht hätte kommen sollen, denn das war so ziemlich das Einzige, was sie beide von Anfang an klargestellt hatten.

Ich bin nur für kurze Zeit in New York, hatte Mia direkt nach ihrem zweiten oder dritten Kuss gesagt.

Zu schade, hatte er geantwortet, bevor er sich direkt in den nächsten Kuss stürzte, denn ein paar wenige Berührungen dieser wunderbaren Lippen würden niemals ausreichen. *Aber kurzfristig passt für mich wahrscheinlich auch besser.*

Ja, er war so dumm gewesen, zu glauben, dass ein paar Wochen mit Mia reichen würden – so wie sich ein paar Wochen mit jeder anderen Frau stets als ausreichend erwiesen hatten. Wäre Mia wie jede andere Frau, wäre er jetzt nicht auf Bonaire.

Auf Bonaire, wo er alles komplett versaute. Mal wieder.

So sehr er seine Entschuldigung auch geplant hatte, hatte er sie trotzdem nicht richtig hinbekommen. Er schaute über die Reling des Bootes und fragte sich, ob Delfine sich jemals in seiner Lage befanden. Wahrscheinlich hielten sie die Dinge einfach. So wie er es vorgehabt hatte, als er Mia zum ersten Mal traf.

Was machst du beruflich? hatte sie bei ihrem ersten Brunch gefragt, zu dem sie nach einer Woche gegangen waren, in der sie im örtlichen Schwimmbad nebeneinander ihre Bahnen gezogen hatten. Eine Woche, in der sie sie alle vorgeführt hatte, einschließlich seiner Wenigkeit. Dann war sie aus dem Pool gestiegen, als wäre es ein ganz normaler Sonntag. Und verdammt, so wie sie schwamm, war das vielleicht auch ihr normaler Sonntag: Neunzig Minuten lang Bahnen zu schwimmen, bei denen sie die lokalen Jungs wie Schwimmanfänger aussehen ließ, bevor sie aus dem Wasser sprang und von jeder ihrer schlanken Kurven tropfte. Noch nie hatte das fünf bis sieben Uhr morgens Zeitfenster so viele eifrige Schwimmer ins Schwimmbad gelockt.

Nach dieser unschuldigen Frage hatte er seinen Blick von ihrem lebhaften Gesicht abgewandt und eine Weile in seinen Kaffee gestarrt. Wollte er wirklich über seinen Job sinnieren?

Die Arbeit war in letzter Zeit ein wenig ... alles verzehrend. Ich würde lieber über andere Dinge sprechen.

Es war nicht so, als wäre er ausgebrannt oder so. Er war aber einfach auch nicht ... *nicht* ausgebrannt.

Als Mia eine Hand über den Tisch gestreckt hatte und sie auf seine legte, durchzuckte ein kleines elektrisches Kribbeln seinen Körper, so als hätte sie gerade einen Hochspannungsstromkreis geschlossen und den Saft fließen lassen. Und anstatt mit einem rührseligen, typisch weiblichen Gespräch darüber fortzufahren, wie wichtig es sei, über Dinge zu reden, waren ihre sommerblauen Augen einfach nur weich geworden. Sie erzählte ihm über die Missgeschicke einer Vielzahl von Basset Hounds, mit denen sie aufgewachsen war. Sie brachte ihn zum Schmunzeln, zum Glucksen, zum Lachen und zu all den anderen Dingen, die er in letzter Zeit nicht oft genug getan hatte.

Zuerst gab es Sherlock, der ausgerechnet am Abend der Bal-

lettaufführung meiner Schwester von einem Stinktier erwischt wurde...

In der nächsten Stunde waren seine Gesichtsmuskeln genauso stark beansprucht worden, wie er den Rest seines Körpers sechsmal pro Woche trainierte.

Dann hatten wir Bella und sie bekam Welpen, aber sie war die schlechteste Mutter aller Zeiten. Es war gut, dass sie kurze Beine hatte, denn sie stand einfach auf und trottete los, während die Welpen säugten. Sie schleppte sie alle mit sich...

Und verdammt, wenn ihn das nicht dazu gebracht hatte, über das eine Mal zu sprechen, als sein rauflustiger Köter King mit dem Pudel des Nachbarn durchgebrannt war, und über jede Menge anderer Geschichten, an die er schon so lange nicht mehr gedacht hatte. Lustige Dinge. Unbeschwerte Dinge. Gute Dinge, die er irgendwie vergessen hatte.

Und einfach so hatten sie einen unausgesprochenen Pakt geschlossen. Sie würden sich treffen, gemeinsam Bahnen schwimmen, an freien Tagen zum Brunch gehen und niemals über die Arbeit sprechen. Nicht über seine, nicht über ihre. Selbst als sie anfingen, den Brunch mit einem Kuss anstatt eines Winkens zum Abschied zu beenden, sprachen sie immer noch nicht über die Arbeit. Und schon gar nicht, als sie anfingen, bei ihr zu Hause zu brunchen. Und als aus dem Brunch bei ihr Sex wurde, warum sollten sie dann über die Arbeit reden? Es gab so viele andere Dinge, über die man reden konnte, und so viele andere Dinge zu tun, als überhaupt zu reden.

Wie beispielsweise in diesen bodenlosen, blauen Augen zu versinken, die alle Jahreszeiten an einem einzigen Tag durchlaufen konnten. Wie ihr dabei zuzusehen, wie sie jede neue Stunde erlebte, als hielte sie ein wunderbares neues Abenteuer bereit. Wie die Frage, ob manche Dinge nicht vielleicht zu schön waren, um wahr zu sein.

Sie hatten einen ganzen Monat so verbracht und es war perfekt gewesen. Mit ihr aufzuwachen und sie an sich gekuschelt zu spüren. Ihr seidiges Haar zu berühren. Zuzuhören, wie sie leise atmete, und dann zu beobachten, wie sie aufwachte und ihn ansah, als wäre es auch für sie perfekt.

Bis zu dem Morgen, an dem er mit seiner Truppe zu einem dieser obligatorischen Auffrischungskurse fürs Tauchen erschienen war. Und Überraschung – ratet mal, wer die Tauchlehrerin war?

Mia. Mia mit ihren langen Wimpern und rosa Wangen und ihrer Art, den Kopf zu neigen, die einen Mann auf die beste Art und Weise verrückt machen konnte. Aber Dummkopf, der er war, – eine unbedachte Bemerkung und alles war vorbei gewesen.

In den folgenden Wochen war er bis an die Grenzen der polizeilichen Vorschriften gegangen, um sie aufzuspüren. Schließlich hatte er herausgefunden, wohin sie verschwunden war. Und jetzt war er hier auf Bonaire und versuchte, sich bei ihr zu entschuldigen. Vielleicht sogar, sie zurückzugewinnen. Aber dies auf einem Tauchboot zu tun, auf dem sich neun weitere Leute drängten... Okay, das war nicht gerade eine seiner besseren Ideen gewesen. Er stieß einen langen Atemzug aus.

Entschuldigung zu sagen, reichte wirklich nicht aus. Aber was würde es tun?

„Oh, schaut mal!", rief Brenda. „Ich glaube, dort hinten schwimmt ein Delfinbaby!"

Alle auf dem Boot kamen herbeigeeilt und in der Aufregung gelang es Ryan, sich hinter Lucky dem Bootsführer zu einem neuen Platz Mia gegenüber zu schieben.

„Sieht aus, als würde es ein Wahnsinnstag werden!", sagte Lucky und winkte mit einer Hand über die Bucht.

„Ja", murmelte Ryan. „Ein Wahnsinnstag."

Kapitel 3

Mia zählte jede Minute, die bis zu dem Moment verging, als Lucky die Geschwindigkeit drosselte und sich dem Tauchplatz näherte. Eine gute Sache, denn noch eine weitere Sekunde mit Ryans flehenden Augen auf ihrem Rücken und sie würde den Verstand verlieren.

„Stanley, mach ein paar Aufnahmen von dem Neptun Boot." Brenda stupste ihren Mann an. „Vielleicht sehen wir es eines Tages im Fernsehen."

Mia warf dem Flaggschiff der Umweltaktivisten einen flüchtigen Blick zu. Der umgebaute Frachter lag schon die ganze Woche dort vor Anker und war mittlerweile ein vertrautes Merkmal in der Landschaft geworden. Genau wie die *Serendipity*, die friedlich auf der anderen Seite der Bucht schaukelte. Wenn sie ihre Augen anstrengte, konnte sie den Mast vielleicht gerade so ausmachen. Sie konnte der Versuchung, über Bord zu springen und nach Hause zu schwimmen, nur schwer widerstehen, auch wenn es gute drei Kilometer entfernt war. Sie würde sich in der Koje zusammenrollen und Ryan ganz weit wegwünschen.

Die Entfernung schreckte sie nicht ab; nur ihr Stolz. Das und die Tatsache, dass sie einen Job hatte. Sie beugte sich über die Reling und beeilte sich, die Mooring-Boje zu schnappen und das Tauchboot schnell festzumachen, während sie versuchte, ihre aufgewühlten Nerven zu beruhigen.

Hans wollte gerade mit dem Tauchbriefing beginnen und alle Augen richteten sich auf ihn. Alle, bis auf das smaragdgrüne Augenpaar, das immer noch fest auf sie gerichtet war. Augen, die sagten: *Hör zu, Mia. Höre, was ich dir sagen will.*

Nur, dass Ryan gar nichts sagte und sie auch nicht zuhören würde, wenn er es täte. Der gequälte Kriegerblick auf seinem Gesicht war doch sowieso nur ein Schauspiel, oder?

Bitte, flehten seine Augen.

Sie drehte sich um und prüfte den Festmacher noch einmal.

„In Ordnung, Leute!" Hans klatschte in die Hände. „Wir haben heute einen tollen Tauchgang für euch!" Er zog ein kleines Whiteboard hervor und fing an, mit seinem leicht holländischen Akzent zu erzählen. „Wir tauchen hier ab und steigen langsam zum Bug des Wracks der *Henry Aalders* ab. Fünfundzwanzig Meter tief."

Stanley lehnte sich über die Reling und richtete seine Kamera in das klare Wasser. Selbst in dieser Tiefe konnte Mia die schwachen Umrisse des Wracks noch erkennen.

„Wir werden der Festmacherleine nach unten folgen und das tiefere Ende des Wracks erkunden – bis zu vierzig Meter tief."

Das Schweizer Pärchen prüfte seine identischen Tauchcomputer.

„Das ist tief, Leute. Es ist wichtig, dass ihr in der Nähe eurer Divemaster bleibt – das sind Mia und ich. Ihr könnt uns nicht übersehen. Ich bin der Hübsche im schwarzen Neopren und sie ist die Unscheinbare in Rosa."

Das bescherte ihm einige Lacher, zusammen mit Blicken der männlichen Gäste, die Mia versicherten, dass sie alles andere als unscheinbar war. Sie schloss den Reißverschluss ihres lilapinken Neoprenanzugs. Bis ganz nach oben. Ja, ihr Körper war ganz passabel, aber das Gefühl, dass Leute sie so ansahen – so richtig ansahen – verursachte ihr eine Gänsehaut. Zu viele schlechte Erinnerungen aus einer längst vergangenen Zeit.

Und auch einige von vor nicht allzu langer Zeit. Ihr Blick wanderte zu Ryan und sie riss ihn wieder weg.

„Wir haben jetzt Niedrigwasser, aber sobald die Flut einsetzt, kommt die Strömung zurück, und wir wollen nicht, dass sich jemand von der Gruppe entfernt. In Ordnung?"

„Verstanden!" Die Gäste nickten. Alle außer Ryan, der sie immer noch mit ernsten Augen musterte.

„Nachdem wir so tief getaucht sind, müssen wir auf dem Weg zur Oberfläche Dekompressionsstopps einlegen. Eine ernste Angelegenheit, Leute." Hans' Gesicht wurde ernst, wie jedes Mal, wenn er diesen Punkt betonte. „Wenn ihr zu schnell auftaucht, könnt ihr Schaden davontragen."

Alle wurden still.

„Ich habe schon einmal einen Mann an der Dekompressionskrankheit sterben sehen und das möchte ich nie wieder erleben", fügte er hinzu und schaute jedem Gast nacheinander in die Augen. „Also, Sicherheit ist Nummer eins. Wir steigen ganz langsam wieder auf, in Ordnung?"

Acht nüchterne Gesichter nickten einstimmig. Sogar Ryan. Besonders Ryan, der noch nie so ernst gewirkt hatte wie in diesem Moment.

Lucky war der Einzige, der nicht zuzuhören schien. Mia folgte seinem Blick zu einem anderen Tauchboot, das nicht allzu weit entfernt vor Anker lag. Ein kleines Boot mit zwei Männern an Bord, von denen einer über die Bordwand kletterte. Er hatte Ausrüstung dabei, als wollte er zum Mittelpunkt der Erde tauchen. Wahrscheinlich noch so ein Kamera-Junkie.

„Also gut, jeder bleibt bei seinem Buddy und dann folgt ihr mir." Hans zeigte nacheinander auf die Teams. „Stanley und Brenda, Buddyteam."

„Verstanden!"

„Marc und Bruno, Buddyteam."

„Verstanden!"

„Dirk und Anna, Buddyteam."

„Verstanden!"

„Pete, du bist mein Buddy."

Pete signalisierte ein doppeltes Okay-Zeichen.

„Und Ryan..."

Mia spürte, wie sich ihr Magen zusammenkrampfte. Sie machte abgehackte Bewegungen in der Luft und hoffte, Hans würde es verstehen.

Das tat er leider nicht. „Ryan, du kannst Mias Buddy sein. Ihr bildet das Schlusslicht."

Ryans Lippen bewegten sich kaum. „Verstanden", sagte er und sah aus wie ein knallharter Soldat, der sich auf eine heldenhafte Mission begab, die allen Widrigkeiten trotzte.

Was ja auch passte. Denn wie sich herausstellte, war er ein knallharter Soldat – oder zumindest war das gewesen, bevor er ein knallharter New Yorker Bulle geworden war.

Sie riskierte einen weiteren Blick in seine Richtung und verdammt noch mal, seine *Mission Impossible*-Augen waren immer noch auf sie gerichtet. Das Beängstigende daran war, dass sie sagten, seine Mission sei *sie*.

Sie straffte die Schultern, so wie sie es immer tat, wenn sie einen erbitterten Gegner vor einem Schwimmstart niederstarrte. *Du, Mister, wirst gleich auf deinesgleichen treffen.*

Zumindest hoffte sie das, denn ihr Stolz konnte es sich nicht leisten, noch einmal vor ihm zu kapitulieren.

Es dauerte ewig, die Gäste ins Wasser zu bekommen, und Mia vermutete, dass sich auch der Tauchgang quälend langsam anfühlen würde. Stanley brauchte eine Ewigkeit, um das wasserdichte Gehäuse seiner Kamera zu schließen. Marc fummelte mit dem Antibeschlagmittel in seiner Maske herum. Pete überprüfte alles dreimal, so wie Hans es ihm beigebracht hatte. Ryan zog seinen Neoprenanzug hoch und selbst im hautengen Neopren – oder besonders im hautengen Neopren – sah er aus wie Sex auf Beinen.

Hans ging um die Plattform herum und überprüfte jeden Atemregler, jeden O-Ring. Lucky blieb am Buk und ließ seinen rastlosen Blick über die Bucht schweifen. Einer nach dem anderen zogen die Gäste ihre Flossen an und sprangen ins Meer, bis nur noch sie und Ryan zusammengequetscht auf engstem Raum auf der Heckplattform übrig waren.

„Mia", begann er erneut. „Ich habe es ernst gemeint. Es tut mir leid."

Sie presste die Lippen zu einer dünnen Linie zusammen. Sie würde sich besser fühlen, wenn er seinen Atemregler im Mund hatte, denn der tiefe Bass seiner Stimme konnte ihrer Entschlossenheit übel mitspielen.

„Bereit für Ihren Tauchgang, Mr. Hayes?"

Seine Wange zuckte. Ja, diese Botschaft hatte er verstanden.

„Bereit, wenn Sie es sind, Miss Whitman."

„Spring' endlich hinein." *Bevor ich dich hineinstoße*, hätte sie beinahe hinzugefügt.

Er schaute sie noch eine Sekunde lang an – und musterte sie nur, als wollte er die Hand ausstrecken und über ihre Wangen streicheln, so wie er es früher getan hatte. Langsam und zärtlich würde er mit einem Finger über die Linien ihres Gesichts streichen und dann an ihren Kiefer hinaufgleiten, um es noch einmal zu tun, so dass ihr ganz warm davon würde.

Sie errötete und trat einen Schritt zurück. Weit zurück.

Ein schmerzhafter Ausdruck huschte über Ryans Gesicht, bevor er sich wieder fing. Dann wandte er sich von ihr ab, bedeckte mit einer Hand seine Maske und mit der anderen den oberen Teil seiner Pressluftflasche. Er sprang gekonnt vom Heck des Schiffs ins Wasser.

Navy SEAL. New Yorker Polizist der Taucheinheit. Kürzlicher Liebhaber.

Mia schüttelte den Kopf über sich selbst. Verdammte Scheiße.

Sie fummelte viel länger an ihrer Maske herum, als sie es musste.

„Alles in Ordnung?", fragte Lucky.

Sie brauchte nicht aufzuschauen, um zu wissen, dass er sie besorgt beobachtete.

„Alles gut", murmelte sie in ihre Maske. Es war doch alles wie immer, nicht wahr?

Sie tastete ihre Tarierweste ein letztes Mal ab, holte tief Luft und sprang hinein.

Kapitel 4

Für einen Nachmittag war das Wasser ungewöhnlich klar und die Sonne fiel schräg durch die oberen Meter und brach sich in tausend Lichtstrahlen, wie in einer jahrhundertealten Kathedrale. Mia atmete zum Abtauchen langsam aus und erzeugte dabei einen Strom von Luftbläschen, die auf ihrem Weg an die Oberfläche ihr Ohr kitzelten. Sie zerplatzten in den silberweißen Wellen, die sich über ihnen kräuselten. Sie drehte sich in einem langsamen Kreis und nahm alles in sich auf. Selbst mit der eingeschränkten, peripheren Sicht ihrer Tauchmaske schienen die intensiven Blautöne und das seitlich einfallende Licht endlos zu sein, wie ein eigenes Universum. Mia hatte schon Hunderte von Tauchgängen auf der ganzen Welt absolviert, aber dieser Anblick erfüllte sie immer wieder mit Ehrfurcht.

Sie setzte ihre langsame Drehung fort und entdeckte Ryan, der sie aus der Nähe beobachtete. Selbst unter Wasser und durch eine Tauchermaske, und sogar durch die intensive Aquamarinfarbe des Wassers hindurch, stach das Grün seiner Augen hervor.

Gut. Alles würde gut werden. Er war nur ein weiterer Tauchbuddy bei einem weiteren Tauchgang, nicht wahr?

Sie schloss Daumen und Zeigefinger zum Okay-Zeichen und er tat dasselbe.

Als sie sich frisch kennengelernt hatten, hatte sie eine Fantasie gehabt, die dieser Situation ganz ähnlich war. Sie wollte mit Ryan auf eine tropische Insel reisen und mit ihm die Wunder des Tauchens erleben. Damals wusste sie nicht, dass er ebenfalls Taucher war. Und nicht nur irgendein Taucher, sondern ein Profi.

Das hier sah genauso aus wie diese Fantasie, aber es fühlte sich überhaupt nicht so an. Es gab keine Freude, keine Vorfreude. Nur ein nagendes Unbehagen.

Die Gruppe war vor ihr verteilt, einige tief und andere mussten immer noch den Druck in ihren Ohren ausgleichen. Sie schloss die Distanz zu Brenda und verbrachte eine Minute in stiller Unterstützung an ihrer Seite. Normalerweise war das alles, was es brauchte: ständiger Blickkontakt und ein zuversichtliches Okay-Zeichen, um die Nerven eines Neulings zu beruhigen. Stanley war nach rechts abgetrieben, aber Ryan holte ihn unauffällig zurück und blieb dicht an der rechten Seite des Mannes.

Sie konnte Ryans Erfahrung ebenso deutlich sehen wie Stanleys Mangel daran. Ryan schwebte seitwärts und war perfekt austariert, während sein Körper völlig entspannt im Wasser lag. Man könnte ihn für einen faulen Römer halten, der sich auf einer Couch ausstreckte, während er sich an Weintrauben labte. Stanley hingegen stieg bei jeder ungeschickten neuen Einstellung seiner Tarierweste wie ein Badewannenspielzeug auf und ab. Die Blasen, die bei jedem Ausatmen aus Ryans Atemregler aufstiegen, waren klein und kontrolliert. Stanleys Luftblasen explodierten in gewaltigen Schüben und versiegten dann.

Hans wartete, bis sich alle am Wrack versammelt hatten, bevor er ihnen die Erlaubnis zur Erkundung gab. Mia folgte Brenda und Stanley, während alle anderen die andere Seite des gesunkenen Frachters erkundeten. Alle außer Ryan natürlich. Sie wünschte, sie könnte ihn abschütteln, aber er war jetzt ihr verdammter Tauchbuddy.

Ihr schlanker, muskulöser Buddy, der sich im Wasser genauso mühelos bewegte wie an Land. Oder im Bett.

Woran sie in einen solchen Moment auf gar keinen Fall denken würde. Oder zu irgendeinem anderen Zeitpunkt, denn es war aus und vorbei zwischen ihnen. Aus und vorbei.

Vorbei, vorbei, vorbei. Sie wiederholte das Mantra, als ein Papageienfisch in einem Blitz aus Grün und Blau vorbeischwamm.

Brenda entspannte sich langsam beim Tauchen. Stanley drehte sich, um den Blick durch ein Bullauge im Wrack zu fotografieren. Ryan war zwei Meter voraus und konzentrierte sich auf eine Kolonie rosa und grüner Anemonen, also blieb Mia zurück, um hinter Stanley zu bleiben.

Sie schaute sich langsam um, um sicherzugehen, dass sie niemanden verloren hatten. Und das war auch gut so, denn ein Taucher schwamm in die entgegengesetzte Richtung davon. Bruno? Marc? Sie konnte nicht sagen, wer es war. Nur, dass der Taucher in die falsche Richtung schwamm, und das schnell. Was war denn in ihn gefahren?

Es blieb keine Zeit, Hans oder jemand anderen zu alarmieren. Sie musste schnell handeln, um den Taucher einzuholen und zurückzubringen. Sie fing an, hinter dem Mann herzuschwimmen und innerlich zu fluchen. Was dachte sich dieser Idiot nur dabei, sich so weit von der Gruppe zu entfernen?

Mia war stets stolz darauf, mit ihren langsamen, gleichmäßigen Atemzügen jeden Tauchgang mit Luftreserven zu beenden, aber dieser verirrte Taucher zwang sie dazu, hart zu arbeiten, um aufzuholen. Sie würde ein ernstes Wörtchen mit Bruno, Marc oder wer auch immer das war, reden müssen, wenn sie wieder an Bord waren.

Der Meeresboden neigte sich und der Mann folgte ihm immer tiefer. Sie verfolgte ihn mit immer energischeren Flossenbewegungen und trotz des Drucks, der in ihren Ohren entstand. Vierzig Meter waren für Sporttaucher in Ordnung, aber dieser Kerl stieg bereits auf fünfundvierzig Meter ab. Sie warf einen Blick auf ihren Tauchcomputer. Sechsundvierzig Meter. Mein Gott, was hatte er denn vor, dass er so davonraste?

Der Mann war schnell. Es lag wahrscheinlich an diesen neuen UltraFlow-Flossen, die sie in den letzten Tauchmagazinen bewundert hatte. Sie war schneller, aber es dauerte trotzdem lange Minuten, bis sie in Reichweite seiner Flossen war. Ungefähr eine Minute zu lang, denn sie hatten bereits fünfzig Meter Tiefe erreicht. Ihn zurück zur Gruppe zu bringen, kam jetzt nicht mehr infrage. Sie würde ihn in einem langsamen, kontrollierten Aufstieg an die Oberfläche zurückbringen und ihn allein zum Tauchboot begleiten müssen.

Tauchen ist absolut sicher, hatte ihr erster Tauchlehrer immer gesagt. *Nur Dummheit macht es gefährlich.*

Ein typisches Beispiel: der Taucher direkt vor ihr.

Sie setzte zum Sprint an, packte ihn am Rand seiner Tarierweste und zog ihn gerade so weit zurück, dass er die Botschaft auch wirklich verstand. Ja, sie war stinksauer. Bruno, Marc oder wer auch immer das war, hatte sich völlig danebenbenommen, und er sollte es wissen.

Ein heftiges Blubbern von Luftblasen zeigte seine Überraschung, als er sich umdrehte und sie mit großen Augen ansah.

Mia blinzelte.

Diese großen, geweiteten Augen gehörten weder zu Bruno noch zu Marc oder sonst jemandem aus ihrer Gruppe. Genauso wenig wie die graue Tarierweste oder der blaue Neoprenanzug mit Haube. Wer war dieser Typ? Was machte er denn, so tief und ganz allein zu tauchen?

Seine Augen blitzten überrascht auf, bevor er sie zusammenkniff. Dann schnaufte der Fremde in seinen Atemregler. *Was zum Teufel?*

Sie wollte zurückschnaufen. Sie hatte jedes Recht, ihn das zu fragen.

Er stieß sie weg. Mit voller Kraft und sie war von der rohen Gewalt dieses Stoßes überwältigt. Dann drehte er sich und krümmte seinen Körper, um nach etwas in der Nähe seines Beins zu greifen. Als er sich aufrichtete, blitzte etwas Silbernes in seiner Hand auf.

Ein Messer. Ein Messer, das in beängstigender Zeitlupe auf Mia zustieß.

Kapitel 5

Ein Messer? Ein Tauchermesser?

Mia schrie in ihre Maske und der Schrei kam in Form von Blasen heraus. Sie fuchtelte im Wasser herum und versuchte, zurückzuweichen.

Aber es war zu spät. Der Mann packte sie mit einer Hand bei der Schulter und schlug mit der anderen zu. Eine Flut von Luftblasen explodierte in ihrem Gesicht, als ihr Atemregler aus dem Mund gerissen wurde und ein Schleier aus Blasen ins Wasser strömte.

Sie strampelte, schlug um sich und schrie innerlich. Wollte er sie umbringen?

Das Messer stach erneut zu und sagte: *Ja. Ja, das will ich.*

Sie zuckte nach rechts und die gezackte Klinge verfehlte sie nur um Haaresbreite.

Oh mein Gott, oh mein Gott...

Aus Reflex trat sie zu, schlug ihm in die Rippen und riss sich los. Sie strampelte mit allen vier Gliedmaßen und wich vor den wütenden Augen dieses Wahnsinnigen zurück.

Er krallte ins Wasser und zwischen den wild umherfliegenden Luftblasen konnte sie den Fluch in seinen Augen sehen. Dann, mit einem wütenden Kopfschütteln, schoss der Mann rückwärts davon und stürzte sich in die indigoblaue Tiefe.

Mia zwang sich, nicht in Panik zu verfallen. Stattdessen tat sie genau das, was sie im Laufe der Jahre zahllosen Schülern beigebracht hatte: Sie beugte sich zur Seite und führte ihre Hand in großem Bogen nach hinten, um den verlorenen Atemregler zurück zu ihrem Mund zu bringen.

Da ihre Sicht durch die Maske eingeschränkt war, konnte sie nur blind herumtasten, bis – Rettung! – ihre Hand auf den

Schlauch traf und sie ihn zum Mundstück zurückverfolgte. Sie schob es zurück in ihren Mund und atmete tief in die Lunge ein.

Du schaffst das. Alles ist unter Kontrolle.

Aber sie hatte nichts unter Kontrolle und wusste es genau. Überall um sie herum blubberten Luftblasen in die Höhe, als hätte sich ein ganzer Trupp von Tauchern um sie versammelt, die alle gleichzeitig ausatmeten. Wenigstens verschwand der mysteriöse Taucher aus ihrem Blickfeld und strampelte ungerührt weiter.

Sie schaute zu ihrer Brust hinunter und tastete nach den Schläuchen und ihrer Tarierweste. Was war mit ihrem Lungenautomat los? Warum ließ er so viel Luft ab?

Sie tastete nach ihrem Oktopus und hob ihn in Sichtweite. Er zuckte in ihrer Hand wie ein wildgewordener Gartenschlauch und stieß einen stetigen Luftstrom aus.

Ihre Luft. Mein Gott, er hatte den Schlauch durchschnitten!

Sie griff nach ihrem Finimeter und hob es wie eine heilige Reliquie vor ihr Gesicht. Ihre Pressluftflasche war schon halb leer und verlor stetig weiter an Luft. Und das in fünfzig Metern Tiefe.

Sie starrte nach oben. Die Sonne war blass und weit entfernt, so wie sie von einem fernen Planeten im Sonnensystem hätte aussehen können. Fünfzig Meter waren ein verdammt langer Weg.

Jeder Instinkt sagte ihr, dass sie auf die Oberfläche zuschießen sollte, aber sie kämpfte gegen die Panik an.

Es war zu weit. An die Oberfläche zu schießen, bedeutete den sicheren Tod.

Hans' Worte halten ihren Kopf wieder. *Ich habe schon einmal einen Mann an der Dekompressionskrankheit sterben sehen und das möchte ich nie wieder erleben.*

Sie konnte es sich nur zu gut vorstellen. Durch die komprimierte Luft, die sie einatmete, würden winzige Luftbläschen in ihren Blutkreislauf gelangen. Wenn sie zu schnell aufstieg, würden sich diese Bläschen immer weiter ausdehnen, bis sie in ihr zerplatzen würden. Sie würden ihre Arterien zerreißen und sie auf ganz schreckliche Weise töten.

Sie tastete nach dem abgeschnittenen Ende des Schlauchs und versuchte, die Flut der Pressluft einzudämmen. Mit den Fingern wollte sie ihn einknicken. *Schnell! Schnell!* Aber der Schlauch sprang frei und sprühte weiter verrückte Luftblasen in die Umgebung, die vielleicht ganz hübsch gewesen wären, wenn es dabei nicht um ihr Leben ginge.

Sie griff erneut nach dem Schlauch und schwamm nach oben, während sie die Panik unterdrückte. Mit der verbleibenden Luft würde sie es auf gar keinen Fall bis zur Oberfläche schaffen. Der einzige sichere Weg nach oben war langsam mit Dekompressionsstopps unterwegs. Fünfzig Meter Tiefe bedeuteten, dass sie mindestens zwei Dekostopps auf der Strecke nach oben benötigen würde.

Mein Gott, sie würde zu Hans' schlimmstem Albtraum werden. Zu ihrem eigenen schlimmsten Albtraum. Zum schlimmsten Albtraum eines jeden Tauchers.

Aufsteigen! Aufsteigen! Aufsteigen! schrie ihr Instinkt.

Langsam!

Nein, schnell! Sofort!

Sie ließ ein wenig Luft aus ihrer Tarierweste ab und bereute es in dem Moment, in dem die Luftblasen an ihr vorbeischossen. Gott, war sie dumm! Das war das Äquivalent zu einem Wüstenwanderer, der den letzten Tropfen Wasser aus einer Feldflasche laufen ließ.

Denk nach, Mia! Denk nach!

Aber sie konnte nicht denken. Sie begann, nach oben zu strampeln. Nur noch ein paar Meter, dann würde sie ihren Luftvorrat prüfen.

Vierzig Meter. Sie starrte auf ihr Finimeter.

Bereits im roten Bereich.

Wenn sie noch länger wartete, würde sie ertrinken. Wenn sie zu schnell aufstieg, würde sie von innen nach außen zerrissen werden.

Und trotzdem fing sie an, nach oben zu strampeln. Wenn sie hier unten blieb, war ihr das Ertrinken sicher. Aber sie hätte vielleicht eine winzige Überlebenschance, wenn das Tauchteam sie rechtzeitig in eine Dekompressionskammer brachte.

Wenn die anderen Taucher sie überhaupt bemerkten. Wenn ihr Körper irgendwie durchhalten würde. Wenn...

Sie strampelte nach oben, aber ihre Flosse blieb an etwas hängen. Sie blickte hinunter und hätte beinahe ihren Atemregler ausgespuckt. Der verrückte Taucher war wieder da und zog sie nach unten. Er packte ihre Flosse fest und zerrte daran. Sie konnte sich das Messer in seiner anderen Hand schon vorstellen. Er würde sie aufschlitzen, zustechen und eine Blutspur hinterlassen, die sich zu den letzten Blasen gesellte, die aus ihrer Pressluftflasche blubberten. Selbst wenn sie das nicht tötete, würden die Haie sofort über sie herfallen und–

Der Mann zerrte so heftig an ihrem Fuß, dass es ihr fast die Flosse auszog. Sie trat in Selbstverteidigung zurück und schmiedete alle möglichen verrückten Pläne. Vielleicht könnte sie ihm den Atemregler aus dem Mund schlagen und ihn an sich reißen. Vielleicht könnte sie–

Er zog fester und nichts, was sie versuchte, zeigte irgendeine Wirkung gegen diese brachiale Kraft. Der Mann zog sie in die Tiefe, bis sie sich fast Maske an Maske gegenüberstanden.

Sie atmete tief ein, bereit, ihn richtig hart zu treten, aber es kam keine Luft. Ihre Lunge saugte am Nichts. Die Pressluftflasche war leer. Ihre Luft war verbraucht. Schlimmer noch, seine Hände umklammerten ihre Handgelenke und pressten sie aneinander.

Er war wirklich verrückt. Er wollte sie wirklich umbringen.

Sie winkelte ihr Knie an, um ihm in die Eier zu treten, aber ihre Beine verhedderten sich mit seinen. Sie funkelte ihn böse an, denn das war alles, was sie noch tun konnte. Ein böser Blick, und dann würde sie sterben. Würde er zusehen, wie sie Wasser schluckte und langsam ertrank? Würde er sie wegstoßen wie einen dümpelnden Fisch? Würde dieses böse Gesicht...

Er schüttelte sie ganz leicht und sie blinzelte.

Es war nicht der Mann, der sie angegriffen hatte. Der Mann, der ihre beiden Hände in einer seiner Hände hielt, trug einen schwarzen Neoprenanzug und keinen blauen wie der Mann mit dem Messer. Er war größer. Stärker.

Vertraut.

Sie blinzelte erneut. Seine Augen waren tief. Intensiv. Besorgt.

Grüne Augen... nicht ihr Angreifer.

Ryan.

Hätte sie noch etwas Luft gehabt, hätte sie geweint.

Kapitel 6

Ryan zog seinen Atemregler heraus und führte ihn an Mias Mund, während er sich selbst sagte, dass alles gut werden würde. Genauso wie er es sich auf dem langen Flug von New York nach Bonaire gesagt hatte. Und während der endlosen Stunden, in denen er von einer Tauchbasis zur nächsten gezogen war, um sie aufzuspüren. Irgendwie würde alles gut werden. Sie würde ihm zuhören, ihm verzeihen, und alles würde gut werden.

Aber verdammt, wem wollte er etwas vormachen? Sie befanden sich in vierzig Metern Tiefe und hatten weniger als eine halbe Pressluftflasche Luft für sie beide.

Verdammt, wenn er wüsste, wie das genau passiert war. Denn er hatte sich von Stanley weggedreht und nur gesehen, wie Mia einem anderen Taucher hinterherraste. Einem Taucher, der sie angegriffen hatte, als sie sich ihm näherte. Jeder Instinkt in ihm schrie, den Mann zu verfolgen und sich zu rächen, aber das würde bedeuten, Mia zu verlassen, und das konnte er nicht tun.

Beruhige dich, versuchte er ihr verständlich zu machen. *Ruhig atmen.*

Ihre Augen huschten hektisch hin und her, aber wenigstens hatte sie aufgehört, zu versuchen, an die Oberfläche zu schießen. Das wäre der sichere Tod, und sie wussten es beide.

Blickkontakt. Das war der Schlüssel. Er musste dafür sorgen, dass sie sich auf ihn konzentrierte und nicht auf die Chancen, die verdammt gering waren.

Also sandte er ihr alle möglichen beruhigenden, positiven Gedanken und hoffte, dass sie genug Luft bekommen hatte, denn er würde seinen Atemregler mit Sicherheit bald zurückbrauchen.

Er ließ seine Hände über ihre Ausrüstung gleiten und folgte dem Schlauch ihres Oktopus bis zum abgeschnittenen Ende.

Großer Gott.

Er steckte sich das Ende des Schlauchs in den Mund und fing die letzten paar Luftblasen ab, denn wer wusste es schon? Das könnte am Ende den Unterschied ausmachen. Als die Luft zu Ende ging, konzentrierte er sich auf ihre Augen und darauf, einen gleichmäßigen Strom von Luftblasen aus seinem Mund strömen zu lassen. Das war das Erste, was er in seinem allerersten Tauchkurs bei der Marine vor all diesen Jahren gelernt hatte: bei der Verwendung von Pressluft durfte man niemals die Luft anhalten. Man atmete entweder ein oder aus. Ein oder aus. Und jetzt, da Mia an seiner Luft saugte wie an einer Shisha-Pfeife, war seine einzige andere Wahl auszuatmen.

Sie umklammerte seinen Atemregler mit beiden Händen und saugte, als würde sie ihn nie wieder loslassen. Aber allmählich konzentrierten sich ihre Augen auf seine und ihr Atem wurde langsamer.

Er verfluchte sich selbst dafür, dass er seine alte Ausrüstung nach Bonaire mitgenommen hatte – den veralteten Lungenautomat, der nur über einen einzigen Atemregler und keinen Notfall-Oktopus verfügte. Aber es war alles, was er hatte, und es war ja nicht so, dass er einen Atemregler der New Yorker Polizei auf seine Reise hätte mitnehmen können.

Er tastete sich an seiner Hüfte entlang und hob sein Finimeter ins Blickfeld.

Scheiße.

Selbst mit zwei Atemreglern wäre die Luftzufuhr furchtbar knapp. Zu knapp, und Mia verschlang sie regelrecht.

Er machte kleine Auf und Ab-Bewegungen. *Langsam.* Dann schnippte er mit den Fingern in die Richtung seines Gesichts. Wenn er nicht bald Luft bekam, würde sie es sein, die seinen Körper ans Ufer schleppte.

Sie nahm einen letzten Luftzug und drückte ihm den Atemregler in die Hand. Er hatte sich geschworen, nicht gierig zu sein, aber es war so süß, so klar, dass er nicht anders konnte. Ein Atemzug, zwei Atemzüge, dann reichte er ihn an Mia zurück.

Sie zeigte ihm einen Daumen nach oben und er nickte. So war es bei ihnen immer gewesen: perfekte Kommunikation von der ersten Minute an, als sie sich in diesem Schwimmbad in New York getroffen hatten. Nun ja, perfekte Kommunikation in einigen Bereichen. In anderen... Nun, nicht so gut, wie sich herausgestellt hatte.

Konzentriere dich, Hayes. Konzentriere dich.

Er strampelte zweimal mit den Flossen und ließ seinen Körper aufsteigen, wobei er versuchte, Energie zu sparen. Jeder Stoß bedeutete mehr Sauerstoffverbrauch und das konnten sie sich nicht leisten. Er hielt die Schultergurte von Mias Tarierweste fest im Griff und wahrte den Blickkontakt. Das war der einfache Teil, denn ihre himmelblauen Augen waren wie der Ozean. Er konnte hineinsehen und hineinsehen und würde ihrer Tiefe niemals überdrüssig werden.

Falls sie dies überlebten – nein, *wenn* sie es überlebt hatten, beschloss er, denn er musste wirklich daran glauben –, würde er diesen verrückten Taucher finden und ihn in Stücke reißen. Nur um den Kerl dann wieder zusammenzusetzen und es noch einmal zu tun.

Einatmen, ausatmen. Einatmen und den Atemregler übergeben. Sie hatten jetzt einen Rhythmus gefunden und Mias Atemzüge wurden kontrollierter. Himmel, diese Frau war zäh. Hart wie ein Navy SEAL, und er musste es wissen. Sie schenkte ihm ein kleines Lächeln, als sie ihm den Atemregler zurückgab. Und auch wenn es gezwungen war, machte es ihm Hoffnung. Mia, die ihn anlächelte. Wenn sie das hier lebend überstanden, würde sie ihm vielleicht zuhören.

Aber dieses Problem würde er bewältigen, wenn es vor ihm lag. Im Moment ging es darum, lebend aus dieser Sache herauszukommen.

Alles lief in Zeitlupe ab, auch wenn es um Leben und Tod ging. Es war genauso wie bei den Tausenden von Trainingsübungen und in den wenigen Notsituationen im echten Leben, die er immer mit Bravour gemeistert hatte. Nur schien noch nie so viel auf dem Spiel zu stehen wie in diesem Moment.

Das Wasser dämpfte alle Geräusche und Bewegungen. Es gab nichts außer der Spur von Luftblasen, die an die Oberfläche schossen, so wie er es gern tun wollte. Sein Universum bestand nur noch aus Mias Gesicht, der Luft und dem Finimeter, das ihm Zahlen anzeigte, die er eigentlich nicht sehen wollte. Er musste sie jedoch akzeptieren und sich ihnen stellen, wenn sie hier lebend herauskommen wollten.

Dreißig Meter, und die Luft ging ihnen schnell aus.

Fünfundzwanzig. Er schaute ihr in die Augen und beschwor sie, langsam aufzusteigen.

Zwanzig Meter. Das Sonnenlicht wurde heller und lockte sie beide an.

Er packte Mias Tarierweste fester und achtete darauf, dass sie langsam über die fünfzehn Meter und zehn Meter Grenzen aufstiegen.

Als sie bei sechs Metern angekommen waren, zog er an ihrer Weste. Jetzt kam der schwierige Teil: anzuhalten, um zu dekomprimieren, wenn die Oberfläche so unerträglich nah erschien. Er hob eine Hand wie ein Stoppschild und zeigte auf seinen Tauchcomputer.

Ihr Blick fiel auf das Display und dann zurück zu seinem Gesicht. Sie runzelte die Stirn.

Ja, er wusste genau, was sie dachte. Sie hatten nicht genug Luft für einen ordnungsgemäßen Aufstieg mit sorgfältig durchgeführten Dekompressionsstopps. Sein Tauchcomputer zeigte vier Minuten auf sechs Metern als Minimum an.

Mia griff nach dem Finimeter und hielt dann zwei Finger hoch.

Er schüttelte den Kopf und streckte vier Finger hoch. Zwei Minuten würden nicht reichen.

Stur wie immer hob Mia drei Finger.

Er schüttelte erneut den Kopf. Vier. Er hatte ihr noch nie etwas befohlen, aber verdammt noch mal, das hier war nicht verhandelbar.

Sie deutete auf das Finimeter. *Wir haben nicht genug.*

Er bewegte seine Hand erneut langsam auf und ab. *Also müssen wir langsamer atmen.*

Sie starrte in Richtung Oberfläche und er wusste genau, was sie dachte. Nach einem normaltiefen Tauchgang könnten sie das kleine Stück ohne Probleme aufsteigen. Aber sie kamen von sehr weit unten und die winzigen Bläschen in ihrem Blut brauchten eine Chance, sich aufzulösen. Ansonsten...

Es gab kein ansonsten. Es gab nur den Tod.

Er berührte ihre Wange und lenkte ihren Blick wieder auf seine Augen. Dann strich er mit dem Daumen über ihre Wange.

Schau nicht dorthin. Sieh hierher. Sieh mich an.

Wenn sie zur Oberfläche schaute, könnte sie einfach darauf losstürzen, und das konnte er nicht zulassen. Sie mussten einen Schritt nach dem anderen machen.

Ihr Brustkorb hob und senkte sich und sie schloss die Augen. Nachdem sie einen kleineren Atemzug genommen hatte, reichte sie ihm den Atemregler zurück.

Er nickte. Kleinere, kontrollierte Atemzüge. Wenn es jemand schaffen konnte, dann war es Mia. Er erinnerte sich daran, wie sie in dem Schwimmbad, wo sie sich kennengelernt hatten, ihre Bahnen geschwommen war. Mia mit ihrer perfekten Atemkontrolle und den perfekten Schwimmzügen. Alles war perfekt, wie die Art und Weise, wie sie eine Wende schwamm und dann an ihm vorbeirauschte, als wäre er ein Anfänger und nicht der beste Schwimmer in seiner Gruppe.

Sie hatte auch das perfekte Lächeln und es hatte sich immer so angefühlt, als wäre eine Luxusversion davon nur für ihn bestimmt gewesen. Zumindest war das früher so.

Ein Schwarm Barrakudas huschte mit silbernen Schuppen und spitzen Zähnen vorbei. Auch um das Wrack herum hatte es einen regelrechten Regenbogen von Fischen gegeben. Man sollte meinen, dass er nach zwei Jahren des Tauchens im New Yorker Hafen davon begeistert gewesen wäre. Tauchen in New York war, als würde man sich in eine schlechtgewordene Erbsensuppe stürzen. Hier war es so, als schaute man an einem klaren Tag von einem Berggipfel hinunter. Aber er hatte nur Augen für Mia. Mit ihrem um den Kopf herumschwebenden Haar sah sie aus wie eine Meerjungfrau. Die tanzenden Lichtstrahlen, die das Wasser durchschnitten, schienen sich alle auf sie zu konzentrieren. Mia mit ihrem entschlossenen Blick, den starken Armen und der seidigen Haut. Gott, sie war etwas Besonderes.

Konzentriere dich, verdammt noch mal!

Er warf einen Blick auf seinen Tauchcomputer. Drei Minuten und vierzig Sekunden waren verstrichen. Drei Minuten und fünfzig Sekunden. Drei Minuten fünfundfünfzig. Er nickte und sie nickte zurück. Es war an der Zeit, weiter aufzusteigen. Langsam und vorsichtig. Zumindest so langsam und vorsichtig, wie es die tickende Uhr zuließ.

Drei Meter. Eigentlich eine Kindertiefe, aber nicht heute. Sein Tauchcomputer blinkte und signalisierte einen sechsminütigen Stopp.

Sechs Minuten. Eine Ewigkeit. Vor allem, weil die Luftanzeige immer leerer wurde.

Mia hatte ihre Hände jetzt ebenfalls an seine Tarierweste geklammert und sie warteten einen weiteren unendlich langen Stopp, so eng ineinander verschlungen wie ein paar Aale. Die Vorderseite ihre Tarierweste stieß gegen seine und ein niederer Teil seines Verstandes wünschte sich die Alternative: Haut auf Haut, wie all die Male, bei denen sie eng umschlungen in ihrem Bett gelegen hatten, als sie von einem weiteren Hochgefühl herunterkamen. Wahrscheinlich war die Vorstellung unangebracht, aber wenn er sterben musste, würde er es lieber mit solchen Gedanken tun. Denn es war viel besser, als sich vorzustellen, wie sich die Bläschen in seiner Blutbahn ausbreiteten und ihn von innen heraus töteten.

Die Oberfläche war so nah, aber er wagte es nicht, hinaufzuschauen. Er wollte auch nicht auf das Finimeter blicken, aber er musste es tun.

Mia musste es auf seinem Gesicht gelesen haben, denn sie zog die Anzeige zu sich herum und wurde sofort blass. Ja, es würde knapp werden.

Er versuchte, die Berechnungen anzustellen. Auch wenn sein Verstand durch den Luftmangel etwas benebelt war, wusste er, dass es besser wäre, den vollständigen Dekompressionsstopp abzuwarten, als es zu überstürzen. Im schlimmsten Fall könnten sie nach dem Stopp an die Oberfläche schießen...

Nein, wurde ihm klar. Im schlimmsten Fall wären sie tot.

Nein, im absolut schlimmsten Fall würde er überleben und Mia würde sterben.

Er verkürzte seinen nächsten Atemzug und reichte ihr den Regler zurück. Sein Blick schien eine beruhigende Wirkung auf sie zu haben, denn sie tat dasselbe für ihn.

Wir werden es überstehen, sagte ihr Blick. *Wir werden es schaffen.*

Er riskierte einen etwas tieferen Atemzug und nickte. *Ja. Wir werden es schaffen.*

Mit jeder endlosen Sekunde des Dekostopps wuchs der Drang, an die Oberfläche zu strampeln, bis das Ringen mit dieser Versuchung zum Kampf seines Lebens wurde. Wäre er nicht mit Mia zusammen gewesen, hätte er dem Instinkt, aufzusteigen, vielleicht sogar nachgegeben. Aber auf Instinkte konnte man sich nicht verlassen, wenn es um das Tauchen mit Pressluft ging. Seine Zeit bei der Navy hatte ihn das gelehrt und er hatte nicht vor, es jetzt zu verlernen. Alles hing von Berechnungen und Selbstbeherrschung ab.

Vier Minuten waren vergangen, noch zwei blieben übrig. Die Luft war schon längst im roten Bereich. Der Tod lauerte hinter seiner Schulter und beugte sich mit einem gierigen Grinsen zu ihm.

Er atmete ein und reichte den Atemregler an Mia zurück. Er schaute zu, wie sie ganz ruhig die Luft einsaugte – bis ihre Augen sich weiteten und ihre Hände bebten. Sie machte eine schneidende Bewegung vor ihrem Hals und streckte ihre Daumen nach oben.

Keine Luft mehr! Keine Luft mehr!

Kapitel 7

Hätte Ryan ihre Tarierweste nicht so hartnäckig festgehalten, wäre Mia direkt an die Oberfläche geschossen. Aber mit seinen Händen, und seinem Blick auf sie – mit diesen ruhigen, endlos tiefen Augen, die versprachen, dass alles gut werden würde – hielt sie am letzten Rest ihrer Kontrolle fest und stieg langsam auf.

Er schnippte mit den Fingern vor seinem Mund. *Ausatmen.*

Richtig. Ausatmen. Den Atemzug, den sie nicht bekommen hatte. Sie zwang eine dünne Spur von Luftblasen aus ihren Lippen, während sie ihren Körper aufsteigen ließ und darauf wartete, dass ein reißendes Gefühl einsetzte, wenn die Luft in ihren Adern sich ausdehnte und ihr Inneres zerriss.

Aber sie spürte kein Reißen – noch nicht. Nur den brennenden Schmerz ihrer Lunge, die verzweifelt nach Luft rang.

Ausatmen, verdammt noch mal!

Sie zwang noch ein paar Luftblasen aus ihrer Lunge. Die Sonne wurde heller und die Oberfläche kam näher. Ihre Lunge schrie danach, den Mund zu öffnen, aber sie kämpfte gegen den Drang an. Der zweite Dekompressionsstopp war zu kurz gewesen. Viel zu kurz. Irgendwie musste sie das alles in die Länge ziehen.

Fast geschafft...

Ryans Griff an ihrer Tarierweste wurde noch fester. *Nicht zu schnell.*

Es war ein bisschen so, als würde sie neben ihm Bahnen schwimmen. Wenn ihr Körper um eine Pause bettelte, während ihr Stolz sie dazu drängte, nach etwas mehr Geschwindigkeit und einem längeren Gleiten zu streben. Ein wenig mehr Luft.

Noch ein paar Sekunden...

Dann hielt sie es nicht länger aus. Sie riss sich aus seiner Umklammerung los und strampelte an die Oberfläche, um tief einzuatmen. Ihre Ohren quietschten. Ihre Lunge brannte. Ihre Augen weiteten sich und...

Sie schoss nicht nur an die Oberfläche, nein, sie schoss durch sie hindurch und fast einen Meter in die Luft, als sie keuchte. Das Wasser neben ihr schwappte zu einer großen Welle hoch und Ryan tauchte wie ein mächtiger Orca neben ihr auf. Nach Luft ringend dümpelten sie beide herum wie ein paar Fische, die vergessen hatten, zu schwimmen. Sie schaffte es nicht, ihr Ein- und Ausatmen richtig abzustimmen; eines begann, bevor das andere endete, was sie husten und prusten ließ. Aber es war egal, denn um sie herum gab es Luft, trockene Luft, überall. Ein ganzes Universum davon. Die Sonne strahlte vom Himmel und es war ein herrlicher Tag an der Oberfläche.

Ihre Hand blieb an etwas hängen und es dauerte eine Minute, bis sie begriff, warum. Ihre Finger waren in Ryans Hand verschränkt. Sie hatte auch nicht das Gefühl, dass sie so bald loslassen würde.

„Geht es dir gut?", keuchte er.

Sie brachte ein schwaches Nicken zustande.

Er schüttelte den Kopf. „Ich meine, wirklich gut?"

Sie tastete ihre Rippen ab, als ob ihr das sagen würde, ob sie von innen heraus platzte oder nicht. Wenn sie an der Dekompressionskrankheit sterben würde, würde sie es doch sicherlich merken. Oder?

„Es geht mir gut." Sie nickte. „Und dir?"

Sein Nicken wirkte so erschöpft, dass sie ihn näher zu sich zog. Er hatte weniger Luft zum Atmen gehabt als sie.

„Wirklich gut?" Jetzt war sie diejenige, die ihn an beiden Schultern packte und ihn aus der Nähe betrachtete. Keine Anzeichen von Blut an der Nase oder den Ohren, Gott sei Dank. Sein rechter Mundwinkel zuckte zu einem winzigen Grinsen. Ein klitzekleines Lächeln, so als wäre es nicht erlaubt. Dasselbe Grinsen, das sie von Anfang an in seinen Bann gezogen hatte. Denn Ryans Lächeln war wie eine Statue, die zum Leben erwachte und ihre Umgebung zum allerersten Mal wahrnahm.

„Es geht mir gut."

Sein Gesicht war blass, aber seine Augen strahlten, und sie atmete den Anblick zusammen mit großen Luftzügen ein. Als könnte sie ohne beides nicht überleben.

„Mein Gott, Mia, was ist passiert?"

Verschwommene Bilder schossen durch ihren Kopf. Der Taucher. Der Kampf. Das aufblitzende Messer. All das kam wieder in ihr hoch, bis sie genauso keuchte wie noch vor Sekunden, als sie aufgetaucht war. Sie schüttelte den Kopf. Darüber konnte sie jetzt nicht sprechen. Definitiv noch nicht.

Ihr Körper fühlte sich an wie Blei und ihre Ausrüstung schien doppelt so schwer zu sein wie zu Beginn des Tauchgangs. Sie musste das Wasser verlassen, und zwar schnell. Wo war Lucky mit dem Tauchboot?

„Hier entlang." Ryan zerrte an ihrem Arm.

Ein kleines Schlauchboot, das zu ihrer rechten Seite festgemacht war, war zwar nicht das Tauchboot, aber das nächstgelegene schwimmende Objekt, und für den Moment würde es sicher reichen. Sie zwang ihre Arme zu schwachen Paddelbewegungen. Gott, wenn ihr Schwimmtrainer sie jetzt sehen würde...

Diese hundert Meter kamen ihr vor wie eintausend und sie musste zweimal innehalten, um sich auf den Rücken zu drehen. Aber sie schaffte es schließlich. Sie griff nach dem Ruder, das an der Seite des Schlauchbootes befestigt war, und hielt sich daran fest, als hinge ihr Leben davon ab. Dann presste sie ihre Stirn gegen das Gummi und bildete eine kleine Höhle, in der sie nichts sehen, fühlen, denken oder tun musste, außer zu atmen. Alles war in Ordnung. Es ging ihr gut.

Ryan war Schulter an Schulter mit ihr wie eine feste, sichere Mauer. Ob es seine Nähe oder schiere Erschöpfung war, die sie davor bewahrte, völlig durchzudrehen, spielte keine Rolle. Nur, dass es ihnen beiden gut ging.

Er schlang seinen Arm um ihre Schulter und auch das half. Der Klang seines Atems und die Wärme seiner Berührung. Ryan streichelte ihren Rücken und flüsterte, *Gott sei Dank, geht es dir gut.*

Sie schlang einen Arm um ihn, verbarg ihr Gesicht an seiner Schulter und fragte sich, was sie jemals auseinandergetrieben hatte.

Eine Welle schwappte zwischen ihnen und sie schaute auf. Direkt in seine Augen, in denen ein Schwall von Worten schwamm, die es irgendwie nicht herausschafften.

„Wo ist Lucky, wenn man ihn braucht?", murmelte er schließlich und schaute sich um.

Sie hielt ihren Kopf gesenkt, weil sie nicht wollte, dass Lucky oder irgendjemand anderes in diesem Moment auftauchte. Noch eine Minute, um Ryan einzuatmen, und sie würde vielleicht vergessen, warum sie so wütend auf ihn war.

„Dort ist er." Ryan hob einen Arm und winkte.

Sie schaute auf und suchte die Umgebung ab. Die *Neptuns Rache*, das Schiff der Umweltaktivisten, war das größte Objekt in Sichtweite und das nächstgelegene Boot. Hans' Tauchboot befand sich etwa fünfzig Meter weiter rechts, wo sie die ersten Gäste ausmachen konnte, die am Heck hinaufkletterten und sich möglicherweise fragten, wohin sie und Ryan verschwunden waren. Hans würde vor den Gästen Witze machen, aber er würde später ein ernstes Wort mit ihr reden. Was würde sie sagen? Würde ihr jemand glauben?

Ich habe mich geirrt und bin einem Fremden hinterhergeschwommen, der mich dann mit einem Messer angegriffen hat...

Das Bild blitzte in ihrem Kopf auf, so nah und real, dass sie zusammenzuckte. Der Mann hatte ihr voller Wut und Frustration ins Gesicht gesehen. Was hatte sie ihm jemals angetan?

„Hast du den Mann gesehen?" Sie griff nach Ryans Arm.

Sein Gesicht verdüsterte sich. „Den, der deinen Schlauch durchgeschnitten hat? Allerdings. Und wäre ich etwas näher gewesen, hätte ich ihm dieses Messer zwischen die Rippen gerammt."

Er meinte es ernst. Sie konnte es im Aufblitzen seiner Augen sehen.

„Was zum Teufel machte er denn, dich so anzugreifen?", knurrte Ryan.

„Ich weiß es nicht. Ich bin ihm hinterhergeschwommen, weil ich dachte, es handele sich um einen unserer Gäste. Und dann hat er ein Messer gezogen!"

„Welche Art Kerl geht denn mit einem Messer auf einen anderen Taucher los?“

Das hatte sie sich auch gefragt. „Welche Art Kerl taucht allein in diesen Tiefen?“

„Was hatte er überhaupt vor?“

Die Worte hatten Ryans Mund kaum verlassen, als ein greller, gelbroter Blitz den Himmel zerriss und ein Donnern ertönte. Mia wurde gegen das Schlauchboot geschleudert und fast bewusstlos geschlagen. Wo war oben? Wo war Ryan? Was war passiert?

Eine starke Hand packte ihre Tarierweste und zog sie unter Wasser. Sie strampelte kräftig dagegen an und stellte sich vor, dass der Angreifer für einen weiteren Versuch zurückgekommen war. Aber es war nicht der andere Taucher. Es war Ryan, der sie unter das Schlauchboot zog, bevor er sie auf der anderen Seite wieder auftauchen ließ. Er hielt seinen Arm wie ein Schutzschild gegen die feurigen Teile von … etwas, das von oben auf sie herabhagelte, über ihren Kopf.

Das Schlauchboot schaukelte durch die Druckwelle auf und ab, aber Ryan schützte sie noch lange, nachdem das Dröhnen in ihren Ohren verklungen war. Sie schüttelte den Kopf, aber ein dumpfes Klingeln blieb, zusammen mit einem anhaltenden, knisternden Geräusch in nicht allzu weiter Entfernung. Sie blinzelte und spähte aus dem Schutz des Schlauchboots.

„Oh mein Gott“, hauchte sie und sah, wie die Flammen über den schwankenden Rumpf der *Neptuns Rache* loderten. „Es ist explodiert“, sagte sie und fühlte sich wie betäubt. „Es ist in die Luft gegangen.“

Ryan schüttelte den Kopf. „Es wurde in die Luft gesprengt.“

„Gesprengt? Aber wer würde so etwas tun...“ Sie verstummte, denn sie wusste es genau. Der Taucher, dem sie nachgejagt war – deshalb hatte er sie angegriffen.

Die Entrüstung auf Ryans Gesicht wandelte sich zu Besorgnis. Er berührte ihre Wange und als er seine Hand zurückzog, waren seine Finger mit Blut verschmiert. Ihr Blut?

„Mein Gott, Mia, geht es dir gut?“

Kapitel 8

Es war nur eine blutige Nase, weil sie gegen das Ruder des Schlauchboots geschleudert worden war, aber niemand wollte auf sie hören. Nicht Ryan, der die Augen weit aufgerissen hatte, als würde Mia die ersten Anzeichen von Dekompressionskrankheit zeigen. Auch nicht Lucky oder Hans, die schließlich auf Ryans Rufe aufmerksam wurden und das Tauchboot zu ihnen hinübersteuerten. Der Blutfluss nahm ab, als Mia an Bord schwankte, aber das hielt Stanley nicht davon ab, mit der Kamera in ihr Gesicht zu zoomen. Vielleicht hätte sie ihm die Kamera aus der Hand geschlagen, hätte er nicht eine Bemerkung gemacht, die sie erstarren ließ.

„Mit diesem Material können wir es in die Abendnachrichten schaffen", rief er.

Abendnachrichten. Unerwartetes Bildmaterial. Von ihr.

Galle stieg in ihrer Kehle auf und mit ihr eine ganze Reihe von hässlichen Erinnerungen.

Dann bewegte sich etwas an ihrer Seite. So schnell wie ein Puma und alle Gäste schrien auf. Es war Ryan, der Stanley die Kamera aus der Hand riss. Ryan, der sich wie ein überaus wütender Zeus mit seinem Blitzbündel in der Hand über Stanley beugte. Ryan, der ihr zu Hilfe eilte.

Schon wieder.

„Nimm. Die. Kamera. Aus. Ihrem. Gesicht." Er knurrte die Worte so tief und bedrohlich, dass alle totenstill wurden.

Ryan murmelte etwas und ließ sich vor ihr auf die Knie fallen, bevor er ihr Gesicht mit beiden Händen umfasste.

„Keine Tauchgänge mehr für dich", murmelte er und strich mit beiden Daumen über ihre Wangen. „Nicht heute. Nicht morgen. Nicht für den Rest der Woche."

„Du hast kein Recht, mir zu sagen, was ich tun soll", piepste sie.

Er setzte seinen New Yorker Polizisten-*Pass-auf-junge-Dame*-Gesichtsausdruck auf, den er so gut beherrschte, und tupfte ihr mit einem Handtuch sanft das Gesicht ab. So zärtlich, dass sie das Gefühl hatte, in ihrem Blutkreislauf würden sich Bläschen bilden – auf eine gute Art. Und im nächsten Moment wurde sie an seine Brust gepresst. Verdammt noch mal, sie hatte nicht die Willenskraft, sich von ihm zu lösen.

Auf dem ganzen Weg zurück zum Ufer beobachtete Ryan sie mit Adleraugen. Sein Blick drohte jedem, der ihr zu nahe kam, mit Mord und Verdammnis. Dazu zählten auch die Sanitäter, die sie untersuchten, und die Polizei, die sie zum Verhör ins Revier mitnahm, nachdem sie endlich für gesund erklärt wurde.

Moment mal. Verhör?

Sie hatte kaum die Gelegenheit gehabt, sich aus ihrer Badekleidung umzuziehen, bevor sie mitgenommen wurde. Und da saß sie nun und blinzelte zwei holländische Beamte von der anderen Seite eines Laminattisches an. Der Mann war groß und blond, die Frau dunkelhaarig und dunkelhäutig. Beide analysierten Mia auf ein Anzeichen einer Lüge.

„Moment mal. Ich habe nichts getan", protestierte sie.

Die Beamtin verschränkte die Arme. „Sie waren in der unmittelbaren Umgebung der *Neptuns Rache* tauchen, kurz bevor sie explodierte."

„Genau wie der Mann, der mich mit einem Messer angegriffen hat", schoss sie zurück.

„Der Mann, von dem Sie *behaupten*, dass er Sie mit einem Messer angegriffen hat."

„Ein Mann mit dunklen Augen, einem blauen Neoprenanzug mit Haube und UltraFlow-Flossen." Ihr Herz klopfte hektisch, bevor sie fortfahren konnte. „Warum sollte ich mir so etwas ausdenken?"

Der männliche Beamte schaltete sich ein. „Niemand behauptet, dass Sie sich etwas ausdenken. Wir versuchen nur, die Fakten zusammenzutragen."

Fakten. Wie ein Schiff, das ihr praktisch um die Ohren geflogen ist.

„Was ist mit der Besatzung?", platzte sie heraus. Gott, bitte, sie hoffte, dass sie nicht Zeugin des Todes von jemandem geworden war.

Der Beamte schüttelte den Kopf. „Der größte Teil der Besatzung war an Land. Die einzigen beiden, die sich an Bord befanden, befinden sich in einem kritischen Zustand."

Sie schlang die Arme um sich selbst. *Bitte lass es ihnen gut gehen. Bitte lass sie gesund werden.* Dann schaute sie die Beamten erneut an. „Wo ist Ryan?"

„Ihr Freund, der Polizeitaucher? Der ehemalige Navy-Typ?"

„Ihr Freund, der Experte für Unterwassersprengstoff?", mischte sich die Beamtin erneut ein und zog die Augenbrauen hoch.

Mia starrte sie an. Ihr Freund, der Experte für *was*?

Trotz ihres Schocks sprang Mia auf die Beine. „Mein Freund, der mir das Leben gerettet hat!", brüllte sie halb. Um ein Haar hätte sie auch noch mit der Faust auf den Tisch geschlagen, als sie es sagte. Wie konnten diese Polizisten nur denken, Ryan sei schuldig, ein Schiff in die Luft zu sprengen? „So etwas würde er niemals tun!"

„Niemand beschuldigt Ihren Freund", sagte der Mann und tauschte Blicke mit seiner Partnerin aus. Blicke, die sagten: *Noch nicht. Wir beschuldigen ihn noch nicht.*

„Das ist lächerlich", schnaufte Mia. „Er war die ganze Zeit bei der Tauchgruppe."

„Glauben Sie mir, wir prüfen sein Alibi."

Der Blick der Frau sagte: *Und Ihres auch.*

Mia starrte erst den Mann und dann die Frau nacheinander an. Himmel, sie war nicht nur eine Zeugin für sie. Sie war eine Verdächtige.

„Aber ich habe nichts getan! Ryan hat nichts getan!"

„Warum fangen Sie nicht noch einmal von vorne an", schlug der Beamte vor. Sein Ton war gleichmäßig und geduldig, als hätte er den ganzen Abend Zeit, um darauf zu warten, dass sie über eine Lüge stolperte.

Ihre Kehle wurde trocken. Ihr Herz schlug schnell. Schließlich erzählte sie die Ereignisse des Tages so oft, dass es ihr vorkam, als wäre eine Woche vergangen. Vom Abtauchen, zum Verfolgen des Tauchers in der Ferne, zum Angegriffenwerden. Sie hatte es gerade noch an die Oberfläche geschafft, bevor das Schiff explodierte.

Ihr Blut gefror zu Eis, wenn sie nur daran dachte. Der Taucher, dem sie in die Quere gekommen war, hatte die Bombe angebracht. Aber niemand schien ihr zu glauben.

„Können Sie den Taucher beschreiben?"

„Das sagte ich doch schon! Ein Mann mit dunklen Augen und UltraFlow-Flossen."

„Das ist alles?"

„Er trug einen Neoprenanzug mit Haube und eine Tauchermaske!"

Die Beamten sahen sie unbeeindruckt an. „Sonst nichts?"

„Ich war zu sehr damit beschäftigt, mich auf andere Dinge zu konzentrieren – wie sein Messer!"

Das Messer sah sie immer noch vor sich, selbst wenn sie die Augen schloss.

Das Verhör zog sich in die Länge, gefolgt von einer langen Stunde, in der sie sie einfach sitzen ließen. Sie fragte sich, ob sie bei ihrer Tante, der Anwältin, anrufen sollte. Dann endlich – endlich! – öffnete sich die Tür und sie wurde zu Hans und Lucky entlassen, die draußen gewartet hatten.

„Ich habe ein paar Anrufe getätigt", sagte Hans und tätschelte ihren Arm. Wenigstens glaubte er ihr. „Sie lassen dich gehen."

„Aber sie haben mir den Pass abgenommen!"

Lucky nickte ernst. „Du bekommst ihn zurück. Glaube mir, wir werden das klären."

„Lass uns gehen." Hans deutete auf die Tür.

Sie hielt inne. „Moment. Was ist mit Ryan?"

„Sie befragen ihn immer noch."

„Aber er hat nichts getan!"

Lucky schaute sie mit geneigtem Kopf an. „Du kennst ihn, glaube ich." Es war eine Feststellung, keine Frage.

„Du kennst ihn? Wie gut?“ Hans klang wie ein missbilligender Vater.

Sie wusste nicht, wie sie darauf antworten sollte. Sollte sie sagen: *Auf gewisse Weise? Irgendwie? Nur ein kleines bisschen?* Im Laufe des Monats, den sie zusammen verbracht hatten, hatte sie das Gefühl gehabt, Ryan sehr gut kennengelernt zu haben. Vielleicht nicht so sehr die Fakten über ihn, aber ihn als Person. Er hörte lieber zu, als zu reden. Er war lieber an der frischen Luft als in geschlossenen Räumen. Sie wusste, dass er kleinen, alten Damen die Tür aufhielt, und Trinkgeld gab wie ein Mann, der wusste, was es hieß, lange auf den Beinen zu sein. Sie wusste, dass er in manchen Nächten lange brauchte, um einzuschlafen, und sie dann besonders festhielt. Dass er nicht oft lachte, aber wenn er es tat, war es, als würde die Sonne nach einem langen, grauen Winter wieder herauskommen.

Was brauchte ein Mädchen sonst noch über einen Mann zu wissen, um zu entscheiden, dass er in Ordnung war?

Abgesehen von der Tatsache, dass er ein ehemaliger Navy-SEAL war, der im Umgang mit Unterwassersprengstoff geschult war – und möglicherweise auch in anderen Dingen, wie dem Töten von Riesenkalmaren mit bloßen Händen. Und dass sie Ryan am Ende doch nicht so viel bedeutet hatte, wie sie sich selbst einredete, denn was er seinen Freunden über sie erzählt hatte…

Sie trat auf die Bremse. Daran wollte sie jetzt nicht denken. Nicht nach einem Tag, wie dem, den sie gerade hinter sich hatte. Und schon gar nicht nach einem Tag, an dem Ryan sie so oft gerettet hatte, dass sie es kaum noch zählen konnte.

Sie wippte auf ihren Fersen und schaute der Uhr beim Ticken zu. Lucky verschwand mit zwei weiteren Beamten in einem Hinterzimmer und sie fragte sich, ob er jetzt auch ein Verdächtiger war.

Irgendwann erschien ein Schatten in der Tür der hinteren Büros und sie brauchte eine Minute, um zu erkennen, dass es Ryan war, der dort stand. Ryan, der müde und sehr, sehr wütend aussah.

Sie brauchte eine weitere lange Minute, um zu begreifen, dass der Grund dafür, dass seine Arme plötzlich um sie geschlungen waren, darin lag, dass sie sich praktisch in seine Umarmung gestürzt hatte. Sie wusste auch nicht, was in sie gefahren war. Nur, dass es sich gut anfühlte, ihn zurückzuhaben.

Moment mal. Du hast niemanden wieder zurück, maulte der zimperliche Teil in ihr. *Du wolltest ihn nie wiedersehen, erinnerst du dich?*

Aber im Moment fühlte es sich richtig an, ihn festzuhalten. Irgendwie wichtig. Für den Bruchteil einer Sekunde spürte sie sogar, wie seine Knie schwankten, bevor er sich wieder zusammenriss und ganz der harte Kerl wurde.

Er räusperte sich und zuckte mit dem Kinn in Richtung Tür. „Lass uns von hier verschwinden."

„Ja. Lass uns das."

Das Polizeirevier zu verlassen, war eine Sache. Zu entscheiden, was man als Nächstes tun sollte, eine ganz andere. Die Sonne war gerade untergegangen, die Straßen wurden dunkel und in ihrem Kopf drehte sich nach diesem verrückten Nachmittag alles.

„Du kannst mit zu mir nach Hause kommen. Gerta und ich werden uns um dich kümmern", bot Hans an und stellte sich so hin, dass klar war, dass diese Einladung an sie und nur an sie allein gerichtet war.

„Vielen Dank, aber ich muss zurück nach Hause", sagte sie beharrlich.

„Nach Hause?" Ryan zog die linke Augenbraue hoch.

„Zu meinem Boot."

Jetzt schossen beide Augenbrauen in die Höhe. „Dein Boot?"

Okay, vielleicht war er nicht der Einzige gewesen, der persönliche Informationen zurückgehalten hatte.

Sie nickte. „Mein Boot. Die *Serendipity*."

Er nickte langsam, aber seine Augen waren weit aufgerissen.

„Das ist eine lange Geschichte", sagte sie seufzend. „Wohin gehst du?"

Ryan schaute sie ausdruckslos an. Was, so wusste sie, ein sicheres Zeichen für Ärger war. Je stärker Ryan etwas empfand, desto weniger ließ er es sich nach außen hin anmerken. Sie wollte mit dem Fuß aufstampfen und ihm die Worte aus dem Mund reißen.

„Dein Schlauchboot liegt im Stadthafen“, unterbrach Hans sie. „Und dein Boot ankert auf der anderen Seite der Bucht. Ich werde dich nicht allein dorthin zurückfahren lassen.“

„Ich bin schon oft mit dem Schlauchboot durch die Bucht gefahren“, protestierte Mia.

„Aber nicht nach einem Tag wie heute“, betonte Hans.

„Ich schaffe das schon.“ Sie schlang unbewusst die Arme um sich selbst und richtete sich sofort wieder auf. Aber verdammt, beim Versuch, Hans’ Blick auszuweichen, machte sie den Fehler, in Ryans Augen zu sehen.

Du musst nicht allein gehen, sagten seine grünen Augen.

Mach dich nicht lächerlich, wollte sie antworten. Aber die Worte wollten nicht kommen. Ihre Zunge weigerte sich, sie zu bilden, und ihre Lippen streikten ebenfalls.

„Und überhaupt, es ist dunkel“, fuhr Hans fort.

Ryan bewegte sich nicht und auch sein Gesichtsausdruck blieb unverändert, aber sie hingen zwischen ihnen in der Luft ... diese unausgesprochenen Worte. *Du musst nicht allein gehen.*

„Ich fahre immerzu nachts“, versuchte sie, aber sie schwankte bereits. Vielleicht hatte Ryan recht. Vielleicht musste sie nicht allein gehen. Vielleicht musste sie heute Abend nichts beweisen.

Bitte, sagten seine Augen verzweifelt. Als ob er sich wünschte, dass sie ja sagte. Als ginge es nicht nur um die Fahrt nach Hause, sondern um etwas viel Größeres. *Bitte. Bitte, lass es mich erklären.*

Ein Moped brummte vorbei. Jazzmusik ertönte aus einer Kneipe irgendwo an der Straße. Hans bestand immer noch darauf, sie mit zu sich zu nehmen. Ein zunehmender Mond schien von oben herab, Palmen rauschten über ihnen und Ryan schaute sie immer weiter *so* an. Er flehte mit seinen Augen: *Bitte.*

Sie wäre an diesem Nachmittag fast gestorben. War sie ihm nicht so viel schuldig?

„Und überhaupt, mach dir keine Sorgen“, sagte sie schließlich und unterbrach Hans. „Ich werde nicht allein sein.“

Ryan presste seine Zähne auf seine Unterlippe und wartete. „Was?", fragte Hans.

Sie deutete mit dem Daumen in Richtung Ryan und versuchte, es herunterzuspielen. Als würde sie ihm nicht nur eine Mitfahrgelegenheit bieten, und keine zweite Chance.

„Ich werde nicht allein sein", wiederholte sie. „Er kommt mit mir mit."

Ein winziges Lächeln umspielte Ryans Mundwinkel. Wäre es ein Lächeln des Triumphes gewesen, hätte sie ihn weggestoßen. Aber seine Schultern sanken gleichzeitig und sie erkannte es als das, was es war: pure Erleichterung.

„Moment mal", begann Hans in genau demselben Ton, den ihr Vater vor ein paar Jahren benutzt haben könnte, bevor er endlich akzeptierte, dass seine Töchter erwachsen geworden waren.

„Danke, Hans. Für alles." Sie umarmte ihn kurz. „Ich rufe dich morgen an, okay?"

Sie wusste genau, dass Hans Ryan einen Blick über ihre Schulter zuwarf. *Eine falsche Bewegung, junger Mann, und ich werde...*

Sie löste sich aus der Umarmung und schob Hans zurück zum Polizeigebäude. „Ich frage mich, warum Lucky so lange braucht. Vielleicht solltest du nachsehen."

„Vielleicht sollte ich das", sagte Hans, obwohl er sich kaum rührte.

„Ich bin erschöpft", sagte sie, denn plötzlich war sie das wirklich. „Ich muss nach Hause. Danke für alles, Hans. Bitte richte Lucky dasselbe aus."

Sie drehte sich um für den kurzen Spaziergang am Ufer und Ryan ging neben ihr her. So nah und so tröstlich, dass sie am liebsten nach seiner Hand gegriffen hätte.

Ihre Finger wurden wärmer und verdammt, sie hatte tatsächlich nach seiner Hand gegriffen.

Und doppelt verdammt, ihr Körper lehnte sich ohne ihre Erlaubnis in seine Richtung. Schon wieder.

Kapitel 9

Ryan wünschte sich, die Stadt Kralendijk wäre größer, denn es hätte ihm nichts ausgemacht, noch viel länger zu spazieren, bevor sie den Hafen erreichten. In New York hatten sie diese schnulzige Händchenhalten-Sache nicht oft getan, aber verdammt, vielleicht hätten sie es tun sollen. Die Art, wie sich ihre Schultern berührten... Wie sich ihre Finger ineinander verschränkten, so als wären sie füreinander maßgeschneidert... Nun, es war irgendwie schön.

Okay, es war *wirklich* schön.

Natürlich hatte er eine Reihe von Beinahe-Unfällen hinter sich und das hatte eine seltsame Wirkung auf den Kopf eines Mannes. Vielleicht würde er morgen denken, dass es albern war. Vielleicht könnte er seinen Kopf morgen wieder richtig benutzen.

Oder vielleicht würde es sich morgen immer noch genauso gut anfühlen wie jetzt.

Gerade eben im Polizeipräsidium war er noch so wütend gewesen. In New York hätte das höchstens eine Stunde gedauert. Aber drei Stunden Verhör? Diese Kleinstadtpolizisten hatten viel zu viel Zeit. Kleinstadtpolizisten mit Problemen aus der großen Welt – wie einem Terroristen, der ein Boot im Hafen in die Luft jagte.

Ein Terrorist, nicht er. Das hatte er immer wieder versucht, ihnen klarzumachen. *Ich bin nur zum Tauchen hier... Ich habe gesehen, wie Mia einem Typ hinterherschwamm... Einem Typ, der ein Messer zog, und...*

Er schloss die Augen und ließ sich von Mia durch die dunklen Straßen führen. Er brauchte sich diese Szene nicht noch einmal vor Augen zu führen und die innere Ruhe zerstören, die sich in dem Moment, als Mia seine Hand ergriff, in ihm breitgemacht hatte.

Was machte es schon, dass die Polizei ihm seinen Pass abgenommen hatte? Die Behörden würden seinen Hintergrund prüfen und morgen früh wäre alles wieder in Ordnung. Er sollte sich von den fröhlichen Pastellfarben der Gebäude aus der Kolonialzeit inspirieren lassen, an denen sie vorbeikamen. Er sollte das Beste aus seiner ersten Reise außerhalb der USA seit ein paar Jahren machen, nicht wahr?

„Gott, da ist der schon wieder", murmelte Mia.

Sie kamen am *Rick's* vorbei, einer Freiluftbar am Hafen, wo sich die Passagiere des Tauchboots vom Nachmittag getroffen hatten. Mehrere Teilnehmer der Tauchgruppe saßen dort und starrten auf einen riesigen Fernsehbildschirm, auf dem Stanley seine Aufnahmen des Tages zeigte.

„Nun, ich wurde vor langer, langer Zeit in Holland geboren, aber ich schwöre, ich werde auf Bonaire sterben", sagte Hans in dem Videoclip.

„Nein, wartet, lasst mich an die richtige Stelle vorspulen", warf Stanley ein und beugte sich über die Kamera.

Ryan kam nicht umhin, den verrückten Tag in dreifacher Geschwindigkeit an sich vorbeiziehen zu lassen. Da war Mia, die die Besatzung und Passagiere vorstellte und unglaublich fröhlich aussah, bis sie bemerkte, dass er an Bord war. Er erhaschte einen Blick auf sich selbst, wie er sie anschaute, und verdammt, warum war sein Gesicht so grimmig?

Dann sprang die Kamera hinüber zu den Delfinen, zu Unterwasseransichten des Wracks, Brendas Dekolleté und zu bunten Fischen, bis er schließlich auftauchte, herumschwenkte und... *Bumm!*

Alle Zuschauer zuckten zusammen, als würde das Schiff erneut in die Luft fliegen. Als Mia erschauderte und sich umdrehte, um mit doppelter Geschwindigkeit den Steg hinunterzulaufen, folgte Ryan ihr.

Zwei Gestalten lehnten über der Reling und beobachteten die gelben Lichter der Bergungsboote, die um die *Neptuns Rache* herum arbeiteten. Die *Neptuns Rache* hatte schwere Schlagseite, schwamm aber immer noch.

„Es ist ein Wunder, dass sie es geschafft haben, das Öl abzufangen...", sagte der eine.

„Es ist ein Wunder, dass niemand getötet wurde", sagte der andere.

Die Nacht war warm, aber sein Blut war wie Eis. Was, wenn jemand getötet worden wäre? Was, wenn es Mia gewesen wäre?

Mia, so bemerkte er, wandte ihren Blick angestrengt von dem Wrack ab. Sie kniete neben einem Gewirr von Leinen, streifte ihre Schuhe ab und manövrierte sich in ein kleines Schlauchboot. Dann winkte sie ihm zu. „Spring' rein."

Kaum war er eingestiegen, stieß Mia sich vom Steg ab, startete den Außenborder mit einem gekonnten Ruck an der Starterschnur und raste in die Nacht hinaus. Der Boden des Schlauchboots stand etwa drei Zentimeter tief unter Wasser, aber das schien sie nicht zu beunruhigen. Sie griff einfach nach einem abgeschnittenen Plastikbehälter und fing an, das Wasser abzuschöpfen.

„Ich mache das schon." Er nahm ihr die Schöpfkelle ab und machte sich an die Arbeit. Auffüllen, auskippen. Auffüllen, auskippen. Einen Becher voll Wasser nach dem anderen schüttete er das Wasser über Bord, dorthin, wo es hingehörte, während sie weitertuckerten.

Der Wind peitschte durch Mias Haar, während sie nach vorn schaute und den Außenborder mit einer Hand lenkte, als wäre sie in New York in eine U-Bahn gestiegen.

„Warum der lila Motor?", fragte er, um das Eis zu brechen.

Sie zuckte mit den Schultern. „Mein Cousin Seb hat ihn angestrichen, um Diebe abzuschrecken. Er und..." Sie hielt abrupt inne und schlug sich auf den Oberschenkel. „Scheiße."

Dieses Wort traf auf fast jeden Teil seines Tages zu. Außer auf den Moment, in dem Mia seine Hand ergriffen hatte.

„Ich sollte heute Lebensmittel einkaufen gehen." Sie seufzte. „Meine Schwester wird mich umbringen."

Ihre Schwester war also auf dem Boot. Eine gute Sache? Eine schlechte Sache? Er war sich nicht sicher.

„Ich bin sicher, sie wird nachsichtig mit dir sein, wenn du ihr erzählst, was heute passiert ist."

Mia drosselte das Gas und schaute ihn so grimmig an, dass er sich zurücklehnte. Der Mond tauchte ihr Gesicht in schwarzweiße Schatten, als sie ihn anknurrte. „Sage ihr ja nicht, was passiert ist. Tu es nicht!"

Er blinzelte angesichts des plötzlichen Ausbruchs.

„Sie wird ausflippen", sagte Mia. „Sie denkt sowieso schon, dass Tauchen gefährlich ist, und ich wurde oft genug von meinen Eltern darüber belehrt. Auf gar keinen Fall werde ich ihr erzählen, was passiert ist. Auf überhaupt gar keinen Fall. Kapiert?"

Er riss die Hände hoch. „Verstanden, schon gut."

Sie nickte entschlossen und gab wieder Gas. Er hielt den Mund und starrte über das Wasser. Denn Mia war Mia und er würde tun, was sie ihm sagte. Und sei es nur, um zu beweisen, dass sie ihm vertrauen konnte.

Falls sie das jemals tun würde. Aber sie hatte ihm bis hierher vertraut, das war doch immerhin etwas, nicht wahr?

Der Außenborder war nur so ein kleines Vier-PS-Ding, also stellte das Schlauchboot keine Geschwindigkeitsrekorde auf. Aber so nah an der Wasserlinie und in der Dunkelheit der Nacht fühlte es sich trotzdem schnell an. Ein bisschen so wie sein ganzer Tag gewesen war, der in einem Wirrwarr aus Schatten und Formen vorbeizog.

„Wo ist dein Boot?", fragte er.

„Dort drüben."

„Wo?"

„Ganz dort drüben." Sie winkte in die Dunkelheit, in der die Lichter von Mastspitzen wie ganz viele tief hängende Sterne leuchteten.

„Du hast mir nichts von einem Boot erzählt", murmelte er und versuchte, es nicht wie einen Vorwurf klingen zu lassen.

Sie zuckte mit den Schultern. „Du hast mir auch nichts von deinem Job erzählt."

Ja, es gab eine Menge Dinge, die er ihr nicht erzählt hatte.

Sie tuckerten schweigend weiter und lauschten auf das Brummen des Motors.

„Meine Schwester und ich hatten das schon eine Weile geplant." Mia fing an, so leise zu sprechen, dass er ihre ersten

Worte fast verpasst hätte. „Diese Reise, meine ich." Sie ließ eine Sekunde verstreichen, bevor sie fortfuhr. „Ich habe meinen Job in Boston gekündigt und alles." Sie machte wieder eine Pause und er hatte das Gefühl, dass jeder Satz ein Kapitel in ihrem Leben hätte sein können. „Wir wollten eigentlich in die Karibik fliegen, aber Seb und Julie – mein Cousin und seine Freundin, die auf dem Boot segelten – hatten bei der Überführung der *Serendipity* von Panama hierher Verspätung. Also hatten wir plötzlich noch sieben Wochen Zeit. Ein Freund von mir hat mir den Tipp mit dem Kurzzeitjob in New York gegeben, also habe ich ihn angenommen, um mir noch etwas für diese Reise dazuzuverdienen."

Es war genauso, wie sie damals gesagt hatte. *Ich bin nur kurzfristig in New York.*

Jetzt ergab es Sinn: Warum sie wie aus dem Nichts im Schwimmbad aufgetaucht war, um ihre Bahnen zu schwimmen. Warum es so schwer gewesen war, sie aufzuspüren, nachdem sie gegangen war. Eine durchschnittliche Frau verließ New York in Richtung Philadelphia, Chicago oder sonst wohin, aber nicht zu einem Segelboot in der Karibik.

„Gehört das Boot deinem Cousin?"

Sie schüttelte den Kopf. „Es gehört uns allen. Mein Großvater hat es uns vieren hinterlassen. Meinen beiden Cousins, meiner Schwester und mir."

Er schaute sie staunend an. Als sein Großvater gestorben war, hatte er eine billige Uhr geerbt.

„Wohin segelt ihr als Nächstes?", fragte er in Ermangelung einer intelligenteren Antwort.

„Grenada." Mia zeigte in eine Richtung, als hätte sie einen inneren Kompass und der Ort läge genau dort drüben. „Dreihundertfünfundneunzig Seemeilen von hier."

Er war noch dabei, seine Kinnlade wieder zuzuklappen, als Mia in die Richtung der Bergungsarbeiten nickte und das Thema wechselte. „Wäre das die Art von Dingen, um die du dich kümmerst?"

Ah, das langgemiedene Thema seiner Arbeit.

Er betrachtete die Szene. „Wir machen keine Bergungsarbeiten, aber wir würden den Tatort sichern. Wir tauchen nach

Beweisen, prüfen den Rumpf und so weiter." *Im Idealfall,* fügte er gedanklich hinzu, *würden wir eine solche Katastrophe verhindern.*

Mia schüttelte den Kopf. „Wie ist es denn so, im New Yorker Hafen zu tauchen? Für die Arbeit, und nicht zum Spaß."

„Es ist nicht so wie hier, so viel ist sicher." Wenn es in New York so kristallklares Wasser wie in Bonaire gäbe, würde jeder seinen Job haben wollen.

„Warum machst du es dann?"

Er hatte diese Frage schon tausendmal gehört, aber nie wirklich eine passende Antwort gefunden. In Wahrheit hatte er es noch nie versucht. Entweder die Leute verstanden, was es bedeutete, Teil einer Eliteeinheit zu sein, die wichtige Arbeit leistete, oder sie verstanden es nicht. Die meisten taten es nicht.

Er hoffte jedoch, dass Mia es verstehen würde. Also versuchte er zum ersten Mal überhaupt, es in Worte zu fassen. „Es gefällt mir, dass jeder Tag anders ist. Ich mag die Herausforderung."

„Wie bei der Navy?"

Er nickte. „So ähnlich."

Eigentlich sogar sehr ähnlich. Nur näher an der Heimat und das war der Grund, warum er die Navy verlassen hatte. Sechs Jahre hatten sich lange genug angefühlt, um ständig aus- oder einrücken zu müssen, und die Taucheinheit der Polizei schien gut zu ihm zu passen. Und das tat sie auch. Es war nur so, dass er ein wenig... Nun, nicht gerade ausgebrannt war, denn ein guter Soldat war nicht ausgebrannt. Er war nur ein wenig ... müde. In letzter Zeit war er sogar versucht gewesen, zu Plan B überzugehen: Zivilist zu werden und das Angebot eines alten Navy-Kameraden anzunehmen, Partner in einem Tauchbergungsgeschäft unten in den Florida Keys zu werden.

Aber dann war Mia aufgetaucht und hatte den Funken wieder zum Leben erweckt.

Funken. Ein Gefühl von Stolz und Bestimmung. Mia hatte ihm geholfen, diese Dinge wiederzuentdecken. Und er hatte es nicht einmal bemerkt, bis sie weg war.

Sie fuhr in der Dunkelheit weiter und als sie wieder sprach, war ihre Stimme leise. „Es tut mir leid wegen dieser Typen. Wegen des Unfalls."

Er holte tief Luft. Sie hatte also davon gehört. Verdammt, die ganze Ostküste hatte wahrscheinlich von dem schlimmen Unfall gehört, der zwei Leuten aus seiner Truppe das Leben gekostet hatte. Eine überaus unwahrscheinliche Kombination aus Geräteversagen, höllischen Strömungen und einem unglücklichen Zusammentreffen mit Trümmern auf dem Flussgrund. Niemand hätte es vorhersehen können, außer vielleicht ein böses Schicksal, das genau diese Abfolge von unüberwindbaren Hindernissen in genau dieser Konstellation zusammengebraut hatte.

Er nickte. Was sollte er sagen?

Glücklicherweise brauchte er nichts zu sagen, denn er konnte praktisch sehen, wie sich die Zahnräder in Mias Kopf drehten.

Die Arbeit war in letzter Zeit ein wenig ... alles verzehrend. Ich würde lieber über andere Dinge sprechen.

Vielleicht ergab es jetzt einen Sinn für sie, was er damals zu ihr gesagt hatte.

„Mia, ich habe nicht absichtlich versucht, etwas vor dir geheim zu halten. Ich habe nur... Ich wollte nur... " Mehr brachte er nicht heraus. *Ich hatte einfach genug von den Fragen, die acht Millionen New Yorker immer wieder stellten. Ich hatte genug von der Presse. Ich hatte es satt, mich immer wieder an ihre Beerdigungen zu erinnern. Ihre Witwen und ihre Kinder zu sehen, die alle in Schwarz gekleidet waren. Die Tränen. Ich wollte nur...*

„Ich verstehe es", sagte sie und unterbrach seine unkontrollierten Gedanken. Sie nickte in die Dunkelheit. „Ich verstehe es."

Es gab noch mehr zu sagen, viel mehr, und er wusste, dass er es sagen musste. Vor allem darüber, was es mit jenem schrecklichen Tag zu tun hatte, an dem alles zwischen ihnen schiefgelaufen war. Warum seine Kumpels getan hatten, was sie taten, und warum er sie nicht aufgehalten hatte.

Es war der Moment, es ihr endlich, endlich erklären zu können, und er wusste es.

Aber ein einzelner Lichtpunkt näherte sich ihnen von hinten und er hielt inne, um sie darauf hinzuweisen.

„Da fährt jemand vorbei. Können sie uns sehen?"

Eine Wolke hatte sich vor den Mond geschoben und machte die Nacht noch dunkler.

Mia warf einen Blick zurück und lenkte in Richtung Ufer, wobei sie etwas murmelte, dass er nicht verstehen konnte. Sie fuhren jetzt an einer Stranddisco vorbei und die Musik war laut. Wirklich laut.

„Ich sagte, nimm die Taschenlampe." Sie deutete auf eine Tasche, die im Schlauchboot befestigt war. „Leuchte damit, damit sie uns sehen können."

Er schaltete die Taschenlampe ein und richtete den starken Lichtstrahl auf das rasende Motorboot.

„Ich lasse sie einfach vorbeifahren." Mia lenkte ein Stück weiter nach rechts. „Da ist genug Platz."

Und es stimmte auch, denn sie befanden sich in einem Abschnitt der langen weitläufigen Bucht, wo es keine Liegeplätze gab. Der Bereich, in dem die Wasserflugzeuge landeten, wenn er sich richtig erinnerte.

Das Problem war, dass das Motorboot ebenfalls einen Schlenker machte und ihnen dicht auf den Fersen blieb. Sein Puls raste schneller. Was zur Hölle?

„Hey!" Mia brüllte und wich nach links aus.

Das Motorboot lenkte ebenfalls nach links und kam schnell auf sie zu. Ryan konnte den Aluminiumbug ausmachen, der mit gut zwanzig vielleicht sogar dreißig Knoten durchs Wasser glitt. Es war viel schneller unterwegs als Mias Schlauchboot, das mit etwa drei Knoten vor sich hindümpelte.

„Schwenke das Licht! Schwenke das Licht!", schrie sie, gab Gas und lenkte weiter zur Seite.

„Ich schwenke das Licht!"

Das Motorboot lenkte eine Kurve und folgte ihrem Kielwasser absichtlich.

„Scheiße", fluchte er. Ein Tausend-Volt-Scheinwerfer käme ihm jetzt gerade recht, um den selbstmörderischen Fahrer zu blenden, bevor er ernsthaften Schaden anrichtete.

Dann machte es *klick*. Der Fahrer des Motorboots war nicht selbstmordgefährdet. Er war eher mörderisch unterwegs.

Ryan schaltete das Licht aus.

„Was machst du denn?", fragte Mia.

Er antwortete nicht, sondern schrie erst, als das entgegenkommende Motorboot näherdonnerte. „Kurve! Kurve!"

Mia drückte den Außenbordergriff so weit zur Seite, dass er dachte, das Schlauchboot würde umkippen.

Nrrrr-zoom! Das Motorboot rauschte nur Zentimeter entfernt an ihnen vorbei, teilte das Wasser des Meeres und schleuderte eine Welle auf sie zu. Ryan duckte sich eine halbe Sekunde zu spät, um nicht durchnässt zu werden. Als er prustend aufschaute, konnte er gerade noch zwei Gestalten in dem Boot ausmachen, die in ihre Richtung zeigten.

Das Motorboot raste weiter geradeaus.

Mia zeigte ihnen den Stinkefinger und brüllte. „Arschlöcher!"

Offensichtlich hatte sie sich in New York ein paar schlechte Gewohnheiten angeeignet. Sie hatte das Schlauchboot kaum wieder auf Kurs gebracht, als der Schatten des Motorboots länger wurde und dann wieder schrumpfte. Es war nicht mit den vorgeschriebenen Lichtern gekennzeichnet, aber Ryan konnte seine Umrisse im blassen Sternenlicht erkennen. Seitenansicht, Vorderansicht. Es wendete.

„Scheiße, sie kommen zurück!", schrie Mia.

„Fahr schneller!"

Der Außenborder schrie aus Protest. „Schneller geht es nicht!" Sie lenkte in die Richtung der nächstgelegenen Gruppe von Booten, die gut siebzig Meter entfernt waren.

„Schneller!", rief er und starrte auf das entgegenkommende Boot.

„Oh Gott!" Mia beugte sich vor wie ein Jockey, der sein Pferd antrieb.

„Kurve! Kurve!", rief er.

Sie wartete und Ryan war sich sicher, dass es eine Sekunde zu lang gewesen war, bevor sie dem Motorboot erneut knapp auswichen. Das Schlauchboot hüpfte auf der Bugwelle des Motorboots zur Seite. Der Motor stotterte und wurde fast überschwemmt.

Bumm, bumm, bumm, bumm, schallte der dröhnende Bass der tobenden Party am Ufer hinüber. Der Lärm übertönte das Dröhnen des Motorboots und das erschreckende Stottern von Mias kleinem Außenborder.

„Los! Los!", drängte Ryan.

Mia raste wieder los. Es waren noch vierzig Meter bis zu den nächstgelegenen Booten, die die Schotten für die Nacht dichtgemacht hatten. Keine Menschenseele in Sicht, die Zeuge des Verbrechens geworden wäre.

Das Motorboot wendete zu einer weiteren Runde und Ryan schüttelte den Kopf. Er hatte keine Waffen, keine Möglichkeit der Verteidigung. Keine Chance, Mia in Sicherheit zu bringen.

Denk nach! Denk nach!

Könnte er nach einem Ruder greifen und es herumschwingen? Es wie eine Harpune gegen den Fahrer schleudern? Könnte er...

Doch für all das blieb keine Zeit, denn das Motorboot raste erneut auf sie zu. Mia schwenkte nach rechts und in einem einzigen blendenden Augenblick, in dem das Licht auf sie zuraste, konnte Ryan die Situation in seinem Kopf bereits vor sich sehen. Dieses Mal würde der Fahrer vorausschauend und sie rammen, wobei er Mias Seite erwischte. Sie würde getroffen und ins Wasser geschleudert werden. Vom Ertrinken mal abgesehen, würde sie wahrscheinlich durch den Aufprall getötet werden.

Jeder Muskel in seinem Körper spannte sich an.

Mia schrie und starrte zurück auf das herannahende Motorboot. Ryan stürzte sich auf sie und versuchte, es genau richtig zu timen. Er griff nach ihr und winkelte seinen Körper genauso an, dass er ihren schützen würde. Er wollte sie so weit zurückstoßen, dass sie aus dem Weg geschleudert wurde. Um...

Es gab ein ohrenbetäubendes Dröhnen, ein aufschlagendes Gefühl und dann wurde alles schwarz.

Kapitel 10

Alles, was Mia sehen konnte, war das grelle Licht des entgegenkommenden Motorboots. Alles, was sie hörte, war das mörderische Dröhnen des Motors. Dann wurde sie von etwas getroffen – hart – und sie flog durch die Luft. Es gab einen Aufprall, ein Klatschen und eine riesige Wasserwand, zusammen mit heftigem Druck auf ihrer Brust.

Mein Gott, hatte sie nicht schon genug für einen Tag?

Salzwasser flutete ihre Nase und ihren Mund. Sie zappelte und strampelte in Richtung Oberfläche, wo auch immer das war. Ein Wirbel und Strudel und...

Luft! Sie saugte einen Atemzug zusammen mit Salzwasser ein und hustete so heftig, dass es schmerzte. Sie paddelte in keine bestimmte Richtung. Die Nacht war dunkel und das Wasser noch dunkler. So dunkel, dass sie vor lauter Haaren über ihrem Gesicht nicht erkennen konnte, welche Lichtpunkte Boote und welche Sterne waren.

Sie warf den Kopf zurück, um besser sehen zu können. Von links tönte das Dröhnen eines Motors – das Motorboot raste zurück, um das Schlauchboot zu überholen, das ein paar Meter entfernt in einem seltsamen Winkel trieb.

„Ryan!", schrie sie und drehte sich verzweifelt im Kreis.

Es war nichts zu sehen außer dem Motorboot, das sich jetzt vom Schlauchboot entfernte und direkt auf sie zusteuerte.

Sie hatte kaum genug Zeit, um nach Luft zu schnappen und abzutauchen, bevor es schon über ihr war. Sie tauchte mit dem Kopf voran ab, streckte den Hintern in die Höhe und strampelte mit Fußtritten um ihr Leben.

Der Motor dröhnte und als der Propeller vorbeiglitt, zerriss er praktisch das Kielwasser ihrer Füße. Für einen Tag hatte sie genug vom tiefen Wasser, aber es war jetzt ihr einziger Ausweg. Sie schwamm, so tief sie konnte, hinunter und dann ein paar Schwimmzüge seitwärts, um an einer anderen Stelle wieder aufzutauchen.

Als ihre verzweifelte Lunge sie zwang, zurück an die Oberfläche zu kommen, hustete und prustete sie, wagte es aber nicht, noch einmal nach Ryan zu rufen. Sie zwang sich, niedrig zu bleiben und atmete die wenige Luft, die sie eine Haaresbreite über der Wasserlinie finden konnte. Wo war das Motorboot? Wo war Ryan?

Brrrruum!

Sie wirbelte herum, als das Aluminiumboot zwei Schwimmzüge entfernt an ihr vorbeirauschte und das Schlauchboot rammte. Es gab ein dumpfes Kratzen, als das Motorboot halb auf ihr armes Schlauchboot fuhr und es durch sein schweres Gewicht unter Wasser drückte.

Pfffffssssssscht! Das Schlauchboot zerriss mit einem lautstarken Zischen von Luft.

„Ryan!" Sie plätscherte im Kreis herum und strampelte nach oben, um besser sehen zu können. Gott, wo war er?

Jeden Moment würde das Motorboot für eine weitere Runde zurückkommen. Sie konnte bereits hören, wie der Motor gedrosselt wurde, als es in eine Wende fuhr.

„Ry–"

Sie entdeckte einen schlaffen, dunklen Klumpen im Wasser. Sie schwamm darauf zu und griff nach dem Rücken seines T-Shirts. Mit in ihrer Faust gebündeltem Stoff zerrte sie ihn auf den Rücken.

„Ryan!" Sie schüttelte ihn und schaute auf. Das Motorboot kam zurück – dieses Mal langsamer. Ein Mann beugte sich über den Bug und suchte das Wasser mit einer Lampe ab. Sie packte Ryan am Kragen und zog ihn seitwärts in die Richtung eines vor Anker liegenden Segelboots. Ein großer Katamaran, dem hohen Profil nach zu urteilen. Wenn sie ihn dorthin ziehen konnte, könnten sie sich zwischen den beiden Rümpfen verstecken.

Sie strampelte und schwamm mit einem Arm, während sie mit der anderen Hand Ryans T-Shirt festhielt. Er war still. Zu still. War er ohnmächtig? Verletzt? Schlimmer noch?

Das meiste aus jedem Schwimmzug zu holen, hatte noch nie Leben oder Tod bedeutet, und sie gab alles, was sie hatte. Strampeln, mit dem Arm durchziehen, wieder strampeln. Leise, damit die Typen in dem Boot sie nicht bemerken würden. Irgendetwas lenkte deren Aufmerksamkeit nach rechts, was ihr einen Funken Hoffnung gab.

Sie schnappte nach Luft und strampelte fester, als sich ein zweites Licht zum ersten gesellte und nach ihrem Ziel suchte.

Fester!

Das Motorboot kam fast zum Stillstand und die Strahlen von zwei Taschenlampen blitzten hier und da über das Wasser. Der Katamaran war nur noch wenige Schwimmzüge entfernt, aber einer der suchenden Lichtstrahlen bewegte sich langsam in ihre Richtung und kam wie das Licht eines Leuchtturms über der Wasserfläche näher. Und näher. Und näher.

Härter! Schwimm!

Sie duckte sich zwischen die beiden Rümpfe des Katamarans und zog Ryan ein paar Zentimeter vor dem Lichtstrahl mit hinunter. Sie hielt den Atem an und blieb ganz still.

Der Lichtstrahl wanderte weiter und schwenkte an ihnen vorbei.

Sie hörte Männerstimmen murmeln, die beim Lärm der Disco kaum hörbar waren. Als sie hinausspähte, konnte sie ihre Silhouetten vorbeiziehen sehen.

Wieder im Schutz des Rumpfes des Katamarans griff sie mit beiden Händen nach Ryans Schultern. Sie neigte ihren Kopf zu ihm und lauschte auf seinen Atem. *Bitte, lass es Atemzüge geben. Bitte, lass ihn atmen…*

Der sanfteste Lufthauch strich über ihr Ohr und sie hätte vor Erleichterung fast geweint.

„Ryan?", flüsterte sie und streichelte seine Wange.

Er sah genauso aus wie an all den Morgen, an denen sie in New York vor ihm aufgewacht war. Ausgeglichen. Unschuldig. Ja sogar jungenhaft. Als würde er von etwas wirklich Schönem träumen und niemals aufwachen wollen.

Aber das hier war kein ruhiger Morgen im Bett. Es war Nacht auf offener See mit ein paar Verbrechern auf einer Such-

und Zerstörungsmission. Und sie musste ihn wirklich dringend aufwecken.

Einer der Männer in dem Motorboot musste der Taucher sein, der sie am Nachmittag angegriffen hatte. Der Bombenleger. Und jetzt war er zurück, um sie, die Zeugin, zu eliminieren. Gott, wie war sie nur in diesen Schlamassel geraten?

Irgendwie hatten die Männer herausgefunden, welcher Taucher sie war, was dank ihres rosa und lilafarbenen Neoprenanzugs nicht allzu schwierig gewesen wäre. Sie mussten ihr bis zum Polizeirevier gefolgt sein und sie dann bis zum Schlauchboot verfolgt haben. Es wäre nicht schwer gewesen, einem einsamen Schlauchboot durch den Hafen zu folgen und zuzuschlagen, wenn der Zeitpunkt günstig war.

Sie spähte erneut hinaus. Es war unmöglich, einen der Männer im Motorboot zu identifizieren – genauso wie es unmöglich gewesen war, den Taucher zu identifizieren. Doch jeder Nerv ihres Körpers sagte ihr, dass er es sein musste.

Einer der Männer murmelte dem anderen etwas zu und sie umkreisten das Gebiet erneut. Das Schlauchboot war ein nutzloser Klumpen, der von der letzten noch nicht durchstochenen Luftkammer über Wasser gehalten wurde. Ihre Cousins würden sie umbringen, wenn sie von dem Schlauchboot hörten. Ihre Schwester würde sie auch umbringen. Ihre Eltern...

Sie verdrängte den Gedanken, denn nichts von alledem war von Bedeutung, wenn sie es nicht lebend aus dieser Sache herausschaffte.

Das Motorboot startete und raste, offenbar zufrieden mit ihrer nächtlichen Arbeit, davon. Mia schaute ihm nach. Ein Hindernis überwunden. Wie viele warteten noch auf sie?

Sie hatte gerade angefangen, Ryan in die Richtung der Badeplattform an einem der beiden Heckteile des Katamarans zu manövrieren, als er hustete und zuckte.

„Ryan!"

Er murmelte und drehte seinen Kopf nach links und rechts und schaute an ihr vorbei, während er im Wasser schwankte. „Mia?"

Sie schüttelte ihn ganz leicht. „Hier. Ich bin ja hier. Gott, geht es dir gut?"

„Geht es dir gut?", erwiderte er und griff nach ihrer Schulter, als wäre *sie* diejenige, die gerettet werden musste.

Als sie sah, wie Ryan sie anschaute, wurde ihr ganz warm ums Herz. Als ob nichts außer ihr wichtig wäre. Als ob ihr Wohlergehen alles war, was er *brauchte*.

„Es geht mir gut. Alles in Ordnung. Was ist mit dir? Warte, komm hierher."

Sie zog ihn zur Badeplattform. Er ließ locker und wurde wieder ein wenig schlaff.

„Halte dich daran fest." Sie führte seine Hand zu der ins Wasser gelassenen Leiter. „Geht es dir wirklich gut?"

Sie fing an, ihn auf der einen Seite seines Körpers abzutasten und dann auf der anderen wieder hinauf. Mit den Fingern strich sie über seine Rippen, dann über seine Schultern und schließlich zu seinem Kopf. Als sie seinen linken Arm berührte, zuckte er zusammen und schüttelte den Kopf, um das Wasser aus seinem Ohr zu entfernen.

„Sind sie weg?"

„Ja." Sie schluckte und nickte in die Richtung, in die das Motorboot verschwunden war. „Sie sind weg."

Er stieß einen Atemzug aus. „Gott, Mia... "

Sie stockte zwischen einem Ein- und Ausatmen und wusste genau, was er meinte. „Ja. Gott, das war... "

Sie fand keine Worte und schlang stattdessen ihre Arme um ihn und drückte ihn so fest an sich, wie sie nur konnte. Nicht gerade die einfachste Operation mit der Leiter in einer Hand, aber nichts würde sie jetzt aufhalten. Nichts.

Eine Minute lang atmeten sie ganz nah an der Haut des anderen ein und aus. Eine Minute, in der es keine Rolle spielte, dass sie sich mitten in der Nacht mitten im Nirgendwo befanden.

Dann plätscherte eine winzige Welle gegen den Katamaran und die Realität kam zurückgerauscht. Als Ryan sich zurückzog, wimmerte ein Teil von ihr innerlich.

„Willst du wissen, was das Positive daran ist?", zwang sie sich zu sagen, nur um die Fassung zu wahren.

„Es gibt etwas Positives daran, nachts irgendwo im Wasser gestrandet zu sein?"

Sie nickte. „Alles hat etwas Positives, Dummkopf. Man muss nur danach suchen."

Ryan schaute sie an, als wäre sie verrückt und machte dann eine Show daraus, nach rechts, links, oben und unten zu schauen. „, Meinst du, dass der Mond uns etwas Licht spendet?"

„Nein. Die Polizei hat uns unsere Pässe abgenommen, also sind die wenigstens sicher."

Er lachte laut auf und es tat gut, das zu hören.

„Und trocken", fügte er hinzu.

„Zumindest trockener als wir."

Ryan schaute sie an, als wollte er etwas sagen, sagte jedoch nichts. Er schaute nur und schaute, bis sie ihn gegen die Seite des Kopfes tippen wollte, damit die Worte herauspurzelten.

„Trockener als wir", stimmte er schließlich zu und schenkte ihr ein kleines Lächeln. Dann war es, als hätte er einen Schalter umgelegt, und wurde wieder ernst. Ganz der Polizist. Ganz der Soldat. Ganz Ryan, in Ermangelung eines besseren Wortes.

„Wo ist dein Segelboot?" Er suchte den Ankerplatz ab.

Sie zeigte darauf. „Ganz auf der anderen Seite. Wir sind ungefähr auf halbem Weg. Noch etwa ein Kilometer von hier."

Er murmelte etwas und holte dann tief und beruhigend Luft. Unter normalen Umständen würde bei dieser Entfernung keiner von ihnen beiden mit der Wimper zucken, aber heute Abend...

Sie schaute sich um. Heute Abend wäre sie nicht abgeneigt, sich das Schlauchboot von jemandem zu leihen, aber es war keines in Sicht. Es hieß schwimmen oder nichts.

„Kinderspiel", log Ryan offensichtlich, um ihre Nerven zu beruhigen.

„Kinderspiel", log sie zurück und versuchte, seine Nerven zu beruhigen. „In New York haben wir das Vierfache bei einem einzigen Training geschafft."

„Stimmt", murmelte er.

„Genau."

Trotzdem bewegte sich lange Zeit keiner von ihnen.

„Wenn es zu viel wird, können wir jederzeit einen Umweg zum Ufer machen", warf sie ein.

„Sicher." Er klang genauso begeistert davon wie sie.

„Gut. Bist du bereit, Sportsfreund?"

Seine Lippen zuckten bei dem Satz, mit dem sie ihn damals im Schwimmbad herausgefordert hatte.

Sie wartete darauf, dass er mit seiner Standardantwort antwortete. *Ich wurde bereit geboren.*

Aber er tat es nicht. Er wurde wieder ganz ernst und konzentrierte sich auf etwas in ihrem Gesicht. Er beugte sich näher heran und zog gleichzeitig leicht an ihr, so dass sie sich fragte, ob er ihr etwas von der Haut streichen wollte. Ein Stück Seetang? Ihr Haar?

Aber er strich nichts weg und griff auch nicht nach ihr. Er bewegte nur seine Lippen und drückte sie zu einem Kuss auf die ihren, der ihrem allerersten Kuss in New York sehr ähnlich war. Ein Kuss ohne große Bewegung, der es aber dennoch schaffte, ein Feuerwerk in ihrem Nervensystem auszulösen.

Dieser kurze, süße Kuss dauerte ewig – die beste Art von ewig – in ihren Gedanken. Sie hätten in ihrem Lieblingsbrunchlokal in Brooklyn sitzen können, wo sie sich zum ersten Mal geküsst hatten, oder im Central Park oder auf der Treppe vor ihrer Wohnung. Es spielte keine Rolle, wo, wann oder warum. Es war nur wichtig, dass er da war.

Dann ließ Ryan sie los und nickte, als wäre er sich sicher, dass er alles richtig gemacht hatte. Und das hatte er ganz sicher, denn jeder panische Nerv in ihrem Körper hatte sich beruhigt und summte nun glücklich vor sich hin.

„Ich wurde bereit geboren", murmelte er und nickte in die Richtung der Bucht.

Kapitel 11

Genau wie im Schwimmbad, sagte Ryan sich selbst und schwamm an Mias Seite durch die Bucht. Rechter Arm, linker Arm, Kick-kick-kick, genau wie im Schwimmbad. Er streckte seinen Körper lang und schlank und drehte sich mit jedem Zug leicht, um wie ein Fisch durch das Wasser zu gleiten.

Sein linker Arm schmerzte ein wenig und erinnerte ihn daran, dass dies nicht im Geringsten wie im Schwimmbad war. Denn es war verdammt dunkel, oben wie unten, und das Wasser war so endlos wie der Nachthimmel.

Und wenn jetzt noch eine Strömung dazukäme, wären sie ganz schön aufgeschmissen.

Aber abgesehen davon ... genau wie im Schwimmbad, nicht wahr?

Er hatte diese Art von Schwimmtraining bei der Navy absolviert, also könnte er es noch einmal tun. Und selbst in der Nacht war Bonaire um ein Vielfaches besser als die Mittagszeit im East River, also würde er es schon schaffen.

Alles gut. Vollkommen in Ordnung. Er wiederholte die Worte wie ein Mantra mit jedem Schwimmzug. Er war am Ende seiner Kräfte und wusste es, aber der Kuss wirkte wie Treibstoff. Ein Nebeneffekt, an den er nicht gedacht hatte, als er sie küsste. Denn es war einfach passiert, einfach ... nun, einfach so. Er spielte diesen Kuss immer wieder in seinem Kopf durch. Wie gut es sich angefühlt hatte. Wie richtig. Und auch für Mia. Er erinnerte sich an ihr winziges Keuchen der Überraschung am Anfang und an ihr kleines Stöhnen, als sie sich voneinander gelöst hatten. An die Art und Weise, wie sie ihre Hände um seinen Rücken schlang, als wollte sie ihn nie wieder loslassen.

Wie *er* sie umklammert hatte, als wollte er nicht, dass *sie* ihn losließ.

Als sie ihn in New York verlassen hatte, hatte es drei Wochen gedauert, bis ihm klar geworden war, wie sehr er in sie verliebt war. Aber jetzt... Verdammt. Das war nicht nur eine harmlose Schwärmerei, er steckte tief drin. In mehr als einer Hinsicht.

Konzentriere dich, Mann!

Mia schwamm voraus, als wüsste sie genau, wohin sie wollte. Und das war verdammt gut, denn er hatte keine Ahnung. Er hatte auch keine Ahnung, was sie tun würden, wenn sie ihr Boot erreichten, oder was sie danach tun würden, oder nachdem, was auch immer als Nächstes kam.

Aber sie würden diese Fragen klären, wenn es so weit war. Später. Im Moment sollte er sich lieber darauf konzentrieren, sie einzuholen.

Ihr Bein stieß gegen seines und er spürte einen kleinen Schauer, so wie es immer der Fall war, wenn Mia ihn berührte. Einen Augenblick später tat sie es erneut, aber es war mehr als ein Tritt. Er hielt prustend inne, um ihr ein wenig mehr Platz zu geben.

Er schaute auf und bemerkte, dass Mia eine ganze Körperlänge vor ihm schwamm. Zu weit weg, um ihn getreten zu haben.

Ein juckendes, kribbelndes Gefühl rauschte über seinen Rücken. Wenn Mia ihn nicht getreten hatte, dann...

„Stopp!", rief er und strampelte mit den kleinstmöglichen Bewegungen im Wasser. „Stopp!"

Mia kam spritzend zum Halt und er zuckte zusammen, als er sich nach der Flosse umschaute, von der er sich sicher war, dass sie durchs Wasser gleiten musste.

Er schaute nach links. Keine Flosse.

Dann schaute er wieder direkt nach unten ins dunkle Wasser. Und verdammt, er konnte nichts sehen.

„Was?", rief Mia. „Warum hast du... "

Eine schlanke Gestalt zog zwischen ihnen durchs Wasser und verursachte kaum einen Spritzer. Es war zu dunkel, um Einzelheiten auszumachen, aber sie war ziemlich groß.

Phosphoreszenz funkelte in ihrem Kielwasser, was irgendwie cool gewesen wäre, würde nicht gerade die Haiangriffsmusik in seinem Hinterkopf spielen.

„Oh mein Gott!", flüsterte Mia und folgte der Gestalt mit den Augen.

Ryan schwamm hinüber und drückte sich Rücken an Rücken an sie. „Siehst du etwas?"

Ihre Stimme schwankte, als sie antwortete. „Es ist in diese Richtung geschwommen."

Er konnte nicht sagen, welche *diese Richtung* war, aber es hörte sich nicht gut an.

„Vielleicht sollten wir in Richtung Ufer schwimmen", warf Mia ein. „Oder auf das nächste Boot klettern."

Er schaute sich um. Das Ufer war weit weg und das nächstgelegene Boot befand sich auch nicht gerade in der Nähe.

„Oh!" Mia zuckte eine halbe Sekunde nach ihm zusammen. „Hast du das gespürt?"

Ja, er hatte es gespürt. Und Mann, wie sehr er sich wünschte, er könnte jetzt sein Tauchermesser an seiner Wade spüren, wo er es sich sonst immer festmachte, wenn er in offenen Gewässern tauchte. Aber er hatte nicht geplant, heute Abend schwimmen zu gehen, also hatte er kein Messer dabei. Keine Waffe, kein Licht.

„Wahrscheinlich nur ein Fisch", log er.

„Bestimmt", flüsterte Mia. „Ein Fisch."

Und dann war es zurück, fegte direkt an ihnen vorbei und streifte erst seine und dann ihre Schulter. Ryan schlug ins Wasser. Es wurde gesagt, Haie seien um die Schnauze herum empfindlich, aber wo zum Teufel war seine Schnauze? Er konnte nichts sehen?

„Warte! Schau doch nur!" Mia packte ihn am Arm.

Phosphoreszenz blitzte entlang des glatten Rückens auf, der durchs Wasser glitt, und strahlte eine Flosse und einen Moment später einen Schwanz an.

Er blinzelte, als es im Wasser verschwand. Nicht der senkrechte Schwanz eines Hais, sondern der waagerechte Schwanz eines...

„Ein Delfin!" Mia quietschte. „Delfine!"

Dem ersten Plätschern folgte ein zweites und dann sah er es auch. Das perfekt runde Blasloch auf seinem Kopf, das schiefe Lächeln seiner Schnauze. Zwei – nein, drei Delfine drehten ihre Runden um sie. Jetzt konnte er hören, wie sie im Morsecode der Delfine schnatternde Geräusche ausstießen.

„Delfine", brachte er hervor und lachte dann laut.

„Delfine." Mia kicherte und drehte sich in einem langsamen Kreis, um sie vorbeigleiten zu sehen.

Sie schauten eine Minute lang fassungslos zu und Ryan zwang sich, seinen Herzschlag zu beruhigen.

„Willst du mit uns zur *Serendipity* schwimmen, Flipper?", rief Mia.

Flipper antwortete nicht, aber das war schon in Ordnung. Solange es *Flipper* und nicht *Der weiße Hai* war, würde Ryan sich nicht beschweren.

„Tschüss, Flipper." Mia winkte leicht, als die Phosphoreszenz sich entfernte und blasser wurde.

Er atmete langsam aus. „Tschüss, Flipper. Aber bitte verpasse mir das nächste Mal keinen Herzinfarkt."

Mia gluckste und eine Welle kribbelnder Hitze schoss erneut durch ihn hindurch. Das war wieder typisch Mia, die in allem etwas Positives fand. Mia, die die Nerven behielt, wenn es darauf ankam. Mia, die ihn ansah, als gäbe es vielleicht auch in ihm eine positive Seite.

„Es ist nicht mehr weit", murmelte Mia, nachdem eine weitere stille Sekunde verstrichen war. Und einfach so schwamm sie wieder los.

Endlich konnte er erkennen, in welche Richtung sie schwamm. Drei kastenförmige, gelbe Lichter, gekrönt von einem weißen weiter oben. Jedes Mal, wenn er den Kopf hob, um nachzusehen, waren sie ein wenig näher gekommen. Schließlich wurden die Kästen zu Fenstern einer Kajüte. Eine gemütliche, kleine Kajüte, so wie es aussah, auf einem gemütlichen, kleinen Boot.

Nach ein paar weiteren Schwimmzügen streckte er die Hand aus und griff nach der Sprosse einer Badeleiter. Mia war bereits da und schaute den ganzen Weg zurück, den sie gekommen waren. Mit ganz großen Augen, als könnte sie nicht so recht glauben, dass es vorbei war. Dann beugte sie den Kopf zurück, um sich die Haare aus dem Gesicht zu streichen, so wie sie es stets im Schwimmbad getan hatte. Mit dieser Bewegung, nach der sich garantiert Dutzende Köpfe umgedreht hatten. Schließlich kletterte sie die Leiter hinauf und gewährte ihm einen perfekten Blick auf ihren perfekten Hintern.

Nicht, dass er in diesem Moment daran denken würde. Nicht im Geringsten. Er stieg hinter ihr hoch und tropfte über das ganze Deck.

Mia hüpfte vom Achterdeck ins Cockpit und rief hinein. „Meredith?"

Ach richtig, die Schwester. Er schaute auf seine tropfende Short und das T-Shirt, das an seiner Brust klebte. Er sah aus wie eine durchnässte Ratte.

„Mia? Bist du das?" Eine Stimme, die etwas höher klang als Mias, rief nach ihr und ihre Schwester schaute aus der Kajüte.

„Ja, ich bin es." Mia schnappte sich ein Handtuch von einer der Rettungsleinen, die um das Cockpit gespannt waren.

„Oh mein Gott, ist alles in Ordnung?" Meredith sprang heraus und umarmte ihre Schwester fest.

Ryan hatte das Gefühl, dass er wegschauen sollte. Aber er konnte es nicht. Das Wenige, das Mia ihm über ihre Schwester erzählt hatte, ließ nicht darauf schließen, dass sie sich besonders nahestanden. Aber diese Umarmung sagte etwas anderes. Diese Umarmung zeigte, dass sie Familie waren.

Man sah es ihnen auch an, es war nicht nur die Umarmung. Sie sahen sich sehr ähnlich. Das gleiche schmale Kinn, das gleiche schlanke Gesicht. Die gleiche Statur, wenn er von Mias Schwimmerschultern absah.

„Warum bist du so nass?", fragte Meredith und löste sich aus der Umarmung. Sie legte eine Hand auf Mias Schulter, genau wie es eine Mutter tun würde. Die fürsorgliche ältere Schwester durch und durch. „Moment mal, wo ist das Schlauchboot?"

Mia schaute auf ihre Füße. „Das willst du nicht wissen."

Meredith zog die rechte Augenbraue misstrauisch hoch, als sie Ryan beäugte. „Und wer ist das?"

Mia schüttelte den Kopf und murmelte: „Das willst du *erst recht* nicht wissen."

Er seufzte innerlich leicht. Sie waren also wieder da angekommen, was?

„Ryan Hayes", sagte er und beugte sich vor, um Meredith die Hand zu schütteln.

„Freut mich, dich kennenzulernen, Ry–", fing sie an, bevor ihre Augenbrauen in die Höhe schossen. Dann wandte sie sich an Mia. „Der Ryan?"

Er zuckte zusammen, denn Merediths Tonfall bedeutete nicht, *Oh mein Gott! Ist das der süße Ryan, von dem du mir erzählt hast?* Es bedeutete auch nicht, *Der Ryan, der dich so unendlich verwöhnt hat?* Sondern eher *Arschloch Ryan, der dich verraten hat? Der Ryan, dessen Eier ich gern in einem Schraubstock zerquetschen würde?*

Mia stieß einen schweren Seufzer aus. „Genau der Ryan."

Meredith schaute ihn an und neigte den Kopf. Es sah so aus, als ob sie mit ihrem Urteil abwarten würde – zumindest für den Moment. „Nun, willkommen an Bord, Ryan", sagte sie und fügte dann ein leises „Glaube ich" hinzu.

Gott, es war ein langer Tag gewesen. Und es sah ganz danach aus, als könnte es nun auch eine lange Nacht werden.

„Wir müssen sofort los", warf Mia ein, als sie bereits die Leinen an einer Winde der Steuerbordseite lockerte.

„Los? Wohin?", protestierte Meredith.

„Das ist eine lange Geschichte."

Meredith schaute Ryan an. Vielleicht, um mehr zu hören, aber er hielt den Mund. Mia hatte ihm gesagt, dass er nichts über den Tauchgang an diesem Tag erzählen sollte, nicht wahr? Und außerdem war es schon schlimm genug, dass Mia in Gefahr schwebte. Je mehr sie Meredith erzählten, desto mehr würde auch sie in den Schlamassel hineingezogen werden. Okay, sie war bereits hineingezogen worden, aber trotzdem. Er verschränkte die Arme, versiegelte seine Lippen und wurde zum Zuschauer dieser zwei Frauen-Show.

„Es ist Nacht. Es ist dunkel." Meredith gestikulierte wild herum. „Wir können jetzt nirgendwohin."

„Wir müssen los", stöhnte Mia und ging zur anderen Seite.

„Der Motor ist kaputt. Das weißt du doch. Mia, was ist hier los?"

Mia beugte sich über die Winde. Gott, sie sah müde aus. So richtig müde. „Ich habe den Mann gesehen, der heute das Schiff zur Explosion gebracht hat. Die *Neptuns Rache*."

„Du hast was?"

Mia bewegte sich kaum, obwohl er ein kleines Zittern spüren konnte. Beinahe wäre er zu ihr gegangen, aber Meredith war zuerst da und griff nach Mias Schultern. Es war einer dieser schwesterlichen Momente, in die sich ein Mann nicht einmischen sollte.

„Mach dir keine Sorgen. Meine Freundin Celeste hat gesagt, sie hätten die Verdächtigen in Gewahrsam", sagte Meredith.

Mia stieß ein bitteres Schnauben aus. „Sie hatten *uns* in Gewahrsam."

„Was?", quietschte Meredith in einem hohen Tonfall.

Mia winkte ab, als ob das nicht der Punkt wäre. „Hör zu, wir müssen von hier verschwinden. Wer auch immer dieses Boot in die Luft gesprengt hat, ist jetzt hinter uns her. Und wenn sie herausfinden, dass ich auf der *Serendipity* bin… Gott, dann könnten sie uns hierher folgen. Sie könnten es auf dieses Boot absehen!"

Ryan neigte den Kopf. Jemand hatte an diesem Tag zweimal versucht, Mia zu töten und sie machte sich Sorgen um ein Boot?

„Die *Serendipity*?" Meredith rang mit den Händen und hauchte den Namen, als wäre er heilig.

„Ja, die *Serendipity*. Wir müssen von hier weg, falls sie uns suchen kommen."

„Und wohin?"

Mia schaute nach Norden an der dunklen Küstenlinie entlang. „Erinnerst du dich an den Ankerplatz, wo wir den einen Tag gehalten haben? Der hinter der Klippe versteckt liegt. Wilhelm's Baai?"

„Der ist von Riffen umgeben." Meredith quietschte.

„Riffe, durch die wir es schon einmal geschafft haben."

Meredith schnaubte. „Ja – zur Mittagszeit, als die Sonne uns den Weg leuchtete."

„Wir kennen die Orientierungspunkte. Es gibt dort auch einen Obelisken. Der, den man mit dem Baum ausrichtet, um die Passage zu durchqueren."

„Bist du verrückt geworden?"

Ryan fragte sich das Gleiche.

„Hast du eine bessere Idee?"

„Ja! Wir gehen zur Polizei." Meredith drehte ihre ängstlichen Finger in den Saum ihres T-Shirts.

Mia schüttelte den Kopf. „Bei denen waren wir gerade. Die werden uns nicht helfen. Hör mal, wir schaffen das schon, okay?" Ihre Stimme hatte diese gezwungene Art von Gewissheit an sich. „Wir können es schaffen, Mer. Wir müssen es."

Okay, vielleicht war es an der Zeit, einzugreifen.

„Mia, das Boot ist es nicht wert, dein Leben zu riskieren."

Sie drehte sich zu ihm um und selbst im Mondlicht konnte er sehen, wie ihr Gesicht rot wurde. „Mein Großvater ist dreißig Jahre lang auf diesem Boot gesegelt und hat es nie verletzt!"

Es verletzt, hatte sie gesagt. Als wäre es ein lebendiges, atmendes Wesen.

Mia fuhr eilig fort: „Meine Cousins sind damit aus den USA bis in die Karibik gesegelt und haben es nicht beschädigt."

„Aber sie waren nah dran", murmelte Meredith.

Mia ignorierte sie und kam so richtig in Fahrt. „Seb und Julie haben es den ganzen Weg hierher gesegelt, und das gegen den Wind!" Jetzt tippte sie mit dem Finger auf seine Brust. „Den ganzen Weg hierher und es ist nie etwas passiert. Ich werde nicht zulassen, dass diesem Boot etwas zustößt!"

Ryan schaute Meredith auf der Suche nach Unterstützung an, aber sie nickte Mia nur zu und sagte: „Du hast recht."

Großartig. Jetzt hatte er nicht nur eins, sondern gleich zwei sturköpfige, selbstmordgefährdete Seglermädchen am Hals.

In der Ferne ertönte ein leises Summen und sie schauten alle auf. Ein schwaches weißes Licht bewegte sich langsam über die Bucht. Nein, zwei Lichter, die von einem kleinen Motorboot ausstrahlten und ein Boot nach dem anderen inspizierten. Sie waren auf der Suche.

Das Boot war einen Kilometer entfernt und bewegte sich langsam, aber das hielt Ryans Herz nicht davon ab, in seinem

Brustkorb zu trommeln. Wenn es derjenige war, den er vermutete, war es nur eine Frage der Zeit, bis sie sich der *Serendipity* näherten. „Ähm... Anker lichten?“ Er schaute Mia an.

Sie nickte ihm entschlossen zu. „Anker lichten.“

Kapitel 12

Ryan beobachtete, wie sich die Schwestern in Bewegung setzten. Für ein paar sturköpfige, selbstmordgefährdete Seglermädchen schienen sie wirklich zu wissen, was sie taten.

„Was kann ich tun?", fragte er.

Mia deutete auf die Ecke des Cockpits. „Setz dich. Wir machen das schon. Behalte du das Motorboot im Auge."

Er setzte sich und schmollte. *Setzen?* Man sagte einem Officer der New Yorker Polizei nicht, er solle sich setzen!

Aber natürlich hatte sie das gerade getan. Und so war Mia. Sie hatte ihn vom ersten Tag an mit dieser Kombination aus zäh und fähig, bescheiden und süß, in der Hand gehabt. Also setzte er sich, verdammt noch mal. Welche Wahl hatte er denn?

Mia und Meredith bewegten sich auf dem Deck wie ein paar langbeinige Gazellen und bereiteten sich aufs Ablegen vor.

„Sicherungsleine los", murmelte Mia und warf eine aufgerollte Leine ins Cockpit.

„Steuerrad entriegelt", antwortete Meredith.

Sie gingen eine Checkliste durch, wie er erkannte. Eine, die sie sehr gut beherrschten. Was hatte Mia über ihren Großvater und dreißig Jahre gesagt?

„Großschot gelöst", rief Meredith leise.

Mia stand am Mast und schnupperte im Wind wie ein alter Seebär. Dann fing sie an, an einer Leine zu ziehen, und zog das Großsegel mit knarrenden Geräuschen nach oben.

Er riss den Kopf in die Richtung des Motorboots herum, aber sie konnten das Geräusch offenbar nicht hören. Wolken verdeckten den Mond, so dass das weiße Segel nicht viel Licht reflektierte. Gut so. Er warf einen Blick zurück zu den Schwestern, die auf dem kleinen Segelboot herumwuselten.

So wie es aussah, hatten sie viel Zeit auf diesem Boot verbracht, seit sie laufen konnten. Vielleicht sogar schon davor. Selbst Meredith mit ihrer vorsichtigen Ausstrahlung wurde zu einer komplett anderen Person, als sie sich geschickt über das Boot bewegte. Sie sicherte ein aufblasbares Kajak an Deck und stellte sich dann mit der Leine des Großsegels in der Hand ans Steuerrad.

„Bereit?", rief Mia.

Die Schwestern schauten sich eine Minute lang an.

Schließlich flüsterte Meredith: „Bereit."

Mia löste ein Ende der Festmacherleine, zog sie ein und hob ihre Faust in einer Art Signal.

„Unterwegs", murmelte Meredith und strafte die Großschot.

Eine sanfte Brise aus Südost füllte das Segel und schon glitten sie davon. Ohne Motor, ohne Geschrei, ohne Unruhe.

Ryan nickte. Selbst der älteste, mürrischste Mann aus der Navy würde diese Crew von Herzen gutheißen. Die ordentlichen Leinen, die sauberen Decks, die perfekte Teamarbeit. Alles, bis auf das Fehlen einer Hierarchie. Dann gerade als er entschieden hatte, dass Mia die Kapitänin war, drehte Meredith das Steuerrad und musterte das Wasser, als hätte sie das Sagen. Und irgendwie funktionierte es. Nahtlos.

„Navigationslichter?", fragte Meredith, als Mia nach unten ging, um die Karte zu prüfen. Mia schüttelte grimmig den Kopf. „Keine Lichter. Kurs Nord-Nordwest."

„Nord-Nordwest", wiederholte Meredith und schaute auf den beleuchteten Kompass vor dem Steuerrad hinunter. Sie lenkte mit kleinen, leichten Bewegungen, während ihr Blick vom Kompass zum Horizont und wieder zurück wanderte.

Hätte man den beiden Schwestern ein paar Bärte und gestreifte Hemden verpasst, wären sie bereit, in einem Actionfilm mitzuspielen – in einem mit Schwertern und Seeräubern. Er konnte sich vorstellen, wie Mia sich an einer Leine schwang, um sich ins Getümmel zu stürzen. Meredith... Nun ja, sie wäre die stille, verlässliche Frau am Steuer. Die subtilen Unterschiede zwischen den beiden Schwestern wurden ihm jetzt deutlicher. Mia hatte viel von einem Wildfang mit ihren schnellen, selbstsicheren Bewegungen, während Meredith vorsichtiger war, als hätte sie zu viele Lektionen im Leben auf die harte Tour gelernt. Er fragte sich, wie das gekommen war.

Auf jeden Fall waren sie beide auf ihre Weise liebenswert.

„Warum kein Motor?", flüsterte er Meredith zu.

„Eine Feder in der Ölpumpe ist verrostet. Die neue Feder, die ich bestellt habe, ist noch nicht angekommen", sagte sie und drehte sich um, um nach hinten zu schauen.

Eine Frau, die sich mit Dieselmotoren auskannte. Er nickte, als hätte er das die ganze Zeit gewusst. Meredith steckte voller Überraschungen. Genau wie Mia, die das Focksegel ausgerollt und die Schoten getrimmt hatte, bevor sie zu ihm gekommen war, um sanft eine Hand über seinen Arm gleiten zu lassen.

„Geht es dir gut?"

„Gut", murmelte er und fragte sich, ob er jemals wieder eine Chance bekommen würde, die Dinge zwischen ihnen richtigzustellen.

Sie schaute ihm tief, tiefer, unendlich tief in die Augen und suchte nach Wahrheit. Er hoffte inständig, dass sie sie darin sehen konnte.

„Wie ist die Tiefe hier?", fragte Meredith und unterbrach die Stille.

Mia schüttelte den Kopf, als wäre sie mit ihren Gedanken ganz weit weg gewesen. „Für die nächsten paar Kilometer ist alles klar. Halte dich einfach weit von der Küste fern."

„Keine Spur von dem Boot?"

Alle drei drehten sich um und schauten zurück. Es war immer noch da, aber es hatte ihre Flucht nicht bemerkt. Zumindest noch nicht.

Mia holte tief Luft und wandte sich an ihre Schwester. „Was hast du sonst noch über das sabotierte Schiff gehört?"

„Nun, Celeste hat gesagt…"

„Wer ist Celeste?", fragte Ryan.

„Eine Freundin von mir", antwortete Meredith. „Sie ist eine Ärztin hier aus der Gegend, die ich in der Klinik kennengelernt habe."

Er neigte den Kopf.

„Meredith ist Ärztin", erklärte Mia und er konnte den Stolz in ihrer Stimme hören. „Sie arbeitet ehrenamtlich in der Klinik."

Meredith winkte mit der Hand ab. Eine Geste, die der von Mia so ähnlich war, wenn sie von sich selbst ablenken wollte. „Abgesehen von den paar Jahren, die sie in Holland studiert hat, hat Celeste immer hier gelebt. Sie kennt jeden."

„Also was hat sie gesagt?"

„Sie sagte, dass ihre Cousine, die direkt neben dem Polizeirevier arbeitet, ihr erzählt hat, dass sie Verdächtige in Gewahrsam haben."

„Ja", antwortete Mia mürrisch. „Uns."

Meredith schüttelte den Kopf und fuhr fort: „Celeste sagte, ihre andere Cousine, die Friseurin, hätte erzählt. . . "

„Die Friseurin?", platzte Ryan heraus.

„Hey, wer ist immer die Erste, die den lokalen Klatsch hört?"

Da musste er ihr Recht geben.

„Celestes Cousine, die Friseurin, hat erzählt, dass alle diese Bauunternehmer verdächtigen."

Ryan runzelte die Stirn. „Welche Bauunternehmer?"

„Diese große internationale Firma, die ein neues Hotel bauen will."

„Warum sollte ein Hotel-Bauunternehmer Umweltaktivisten angreifen?" Er beobachtete, wie die niedrige Küstenlinie an ihnen vorbeizog, als die *Serendipity* an Fahrt aufnahm. Abgesehen von ein paar Häusergruppen und dem Hauptort Kralendijk sah die Insel relativ unbebaut aus. Eine karge, windgepeitschte Insel, die von den Passatwinden gezeichnet war. Musste sie wirklich noch mehr erschlossen werden?

„Das Hotel selbst ist nicht das Problem. Es ist der Ponton, den sie bauen wollen", sagte Meredith.

„Ein Ponton?"

„Wie ein schwimmendes Luxushotel", erklärte Mia. „Direkt über ein paar der besten Tauchplätze der Welt und an einem empfindlichen Riff. Die *Neptuns Rache* war hier, um die Aufmerksamkeit auf diesen Plan zu lenken."

„Nun ja, das ist allerdings gelungen", murmelte er. „Aber wären die Bauunternehmer so dumm, sie zu bombardieren, wenn sie die ersten Verdächtigen wären?"

„Aber wir sind ersten Verdächtigen, schon vergessen?", sagte Mia. „Oder besser gesagt du, Officer Hayes von der … Bombeneinheit, nicht wahr?"

„Taucheinheit", murmelte er und zwang sich, ihr in die Augen zu sehen. „Das mit dem Unterwassersprengstoff war bei der Navy."

Während Meredith beeindruckt aussah, war Mia es ganz sicher nicht.

Ich werde dir alles erzählen, Mia, wollte er sagen. *Du brauchst nur zu fragen und ich fange ganz am Anfang an und erzähle es dir bis zum Ende.*

Aber sie fragte nicht, also sagte er nichts. Er schaute ihr einfach in die Augen und beschwor sie stillschweigend, ihm zu glauben.

Meredith schaute erst Mia an, dann ihn und fuhr schließlich fort. „Es muss ja nicht der Bauunternehmer sein. Es könnte jemand sein, der nur an dem Unternehmen beteiligt ist, oder ein Konkurrent, der einspringen würde, wenn dieses Bauunternehmen dort nicht bauen kann. Tatsächlich könnte es so ziemlich jeder sein."

„Nicht jeder", knurrte Mia. „Ein Typ mit dunklen Augen, einem blauen Neoprenanzug und UltraFlow-Flossen."

Meredith riss die Augenbrauen hoch, aber Ryan nickte nur. Typisch Mia, sie konnte sich an die Marke der Tauchausrüstung des Mannes erinnern.

„Nicht viel Information", sagte Meredith.

Sie schwiegen alle und warfen verstohlene Blicke über ihre Schultern. Mia justierte ständig die Leinen und nutzte jeden Hauch der leichten Meeresbrise aus.

Ryan schloss die Augen und ließ sich den Wind durch die Haare pusten. Seine salzige Haut juckte, aber der Wind war frisch und belebend. Und das war auch gut so, denn wenn sich die Dinge am heutigen Abend endlich beruhigten, würde sein Körper zusammenbrechen, und zwar so richtig.

Eine stille Stunde verging, in der sie ihrem Ziel immer näher kamen.

„Wir umrunden das Kap", murmelte Meredith.

„Jetzt ist es nicht mehr weit", flüsterte Mia fast zu sich selbst. „Jetzt kommt der heikle Teil."

Als die *Serendipity* um die Ecke der Bucht bog, erloschen die Lichter der Stadt eines nach dem anderen. Ryan war nicht der Einzige, der ein wenig erleichtert aufseufzte. Das Boot neigte sich ein paar Grad stärker in den Wind und aus der sanften Schaukelbewegung wurde ein munteres Taumeln. Er betrachtete die dunkle Küstenlinie vor sich. Wohin genau fuhren sie?

„Man sieht es erst, wenn man direkt davor ist", murmelte Mia, als sie sah, wie er nach vorn schaute.

„Es ist nur eine enge Passage zur Küste, aber sobald man durch ist, öffnet sie sich zu einer kleinen Bucht. Ohne Hindernisse."

„Das heißt, wenn man erst einmal drin ist", murmelte Meredith. „Die Passage hingegen…"

Mia nickte. „Die Passage ist ein bisschen eng."

„Und hart am Wind", fügte Meredith hinzu.

Und wir haben keinen funktionierenden Motor, um sie zu durchqueren, las er in den nervösen Blicken, die sie austauschten.

Mia gab keinen Kommentar. Sie ging einfach nach unten und studierte die Karte. Er spähte über ihre Schulter, um sich selbst ein Bild davon zu machen, und großer Gott, diese Passage war schmal. Als er aufschaute, um die Karte mit der Aussicht abzugleichen, hörte er das Rauschen der Wellen, die sich auf dem Riff brachen.

„Okay, wir sind fast da."

Mia fummelte am GPS herum und rief die Koordinaten auf, die sie bei ihrer letzten Fahrt durch die Passage markiert hatten – Koordinaten, die sie in Sicherheit bringen würden, so wie die Krümelspur bei Hänsel und Gretel. Oder besser als die Krümelspur, hoffte er. Aber verdammt, die Passage war ein winziger Einschnitt zwischen rasiermesserscharfen Riffen. Ein Grad Abweichung und sie würden versenkt werden – buchstäblich.

„Ihr habt keine Nachtsichtbrille, oder?", fragte er.

Beide Schwestern lachten trocken.

Stimmt ja. Das hier war nicht die Navy oder die New Yorker Polizei. Es war auch keine schicke Jacht, sondern ein robustes kleines Arbeitsschiff, das über die Jahre liebevoll instandgehalten worden war. Er konnte es an den Holzarbeiten und am Glanz des Messings erkennen. Die *Serendipity* war das, was man ein gutes altes Boot nennen könnte, mit wenig elektronischem Schnickschnack, dafür aber viel altmodischem Vertrauen in die Glücksgöttin. Wenn er jemals den Cousin treffen würde, der dieses Boot den ganzen Weg von Neuengland hierhergesegelt hatte, würde er ihm die Hand schütteln – oder war es eine Cousine gewesen? Es klang, als hätten Mia und Meredith ein ganzes Rudel amazonische Verwandte, die genauso gut mit diesem Boot umgehen konnten wie sie.

Blind durch ein Riff zu segeln, gefiel ihm nicht. Aber die Mannschaft – diese Seglerinnen, diese Familie – mochte er. Er nahm an, dass er auch den Großvater gemocht hätte.

„Ich kann am Bug Ausschau halten", bot er an.

Mia schüttelte den Kopf. „Ich gehe an den Bug. Du behältst das GPS im Auge."

Er blinzelte und verarbeitete die Tatsache, dass ihm gerade ein weiterer Befehl erteilt worden war. Das Gefühl schwankte eine Sekunde lang in seinem Bauch hin und her, bevor er nickte. Es war schließlich ihr Boot.

Mia zeigte auf das Display und erklärte ihm die Datenpunkte, die sie bei ihrer letzten Fahrt hier eingespeichert hatten.

„Nichts dabei", nickte er.

„Gut", murmelte sie und verschwand auf dem Deck.

Sekunden verstrichen, dann schwerfällige Minuten, während das GPS-Symbol immer näher an die dunkle Linie der Riffe heranrückte. Und näher und näher...

„Siehst du den Obelisken?", rief Mia vom Bug aus.

Er konnte gar nichts sehen, verdammt noch mal.

„Ich hab ihn", antwortete Meredith mit fester Stimme. „Dort ist die Passage. Aber unser Winkel ist nicht gut. Wir müssen es bei der nächsten Wende versuchen."

Versuchen? Ryans Magen krampfte sich zusammen.

Er schaute auf die Karte. Die Passage war schon eng genug – so eng wie ein Nadelöhr. Mit dem Wind, der ihnen entgegenkam, mussten sie im Zickzackkurs hineinfahren. Das wäre schon bei Tag ein heikles Unterfangen, aber in der Nacht regelrecht selbstmörderisch.

Das gedämpfte Geräusch von schäumendem Wasser wurde lauter.

„Wie viel näher noch, Mia?“, rief Meredith besorgt.

„Nur noch ein Stückchen…“

„Mia, das Riff ist direkt vor uns!“

„Nur noch ein Stückchen … reicht … reicht … jetzt! Jetzt! Wenden!“

Meredith drehte das Steuerrad hart und das Boot neigte sich in die andere Richtung. Der Ausleger kippte mit einem dumpfen Schlag hinüber, gerade als Mia zurücklief, um beim Anholen der Segel zu helfen. Die Kakofonie aus Geräuschen und Bewegung ging eine Minute später in eine nervöse Stille über, als Mia zurück zum Bug huschte, um wieder Ausschau zu halten.

Sie wiederholten das nervenaufreibende Manöver dreimal: Sie fuhren ganz dicht an das Riff heran, bevor sie sich ruckartig entfernten und jedes Mal näher an die Passage herankamen. Ryan behielt einen Finger auf der dünnen Linie der Passage auf der Seekarte und gab Tiefe und Peilung an. Das Rauschen der Wellen, die gegen das Riff schlugen, wurde zu einem Tosen von allen Seiten.

„Geradeaus! Nein, warte. Zehn Grad nach Backbord!“, schrie Mia vom Bug aus.

Ryan verspannte sich und wartete auf das Knirschen des Rumpfes gegen Riff.

„Zehn Grad nach Backbord“, wiederholte Meredith mit zittriger Stimme.

Das Riff donnerte jetzt. Das Boot schaukelte in den turbulenten Gewässern der Passage. Ryan umklammerte den Kartentisch mit beiden Händen und beobachtete, wie das Echolot abfiel. „Zehn Meter … sieben…“, rief er. „Fünf…“

Der Kiel der *Serendipity* reichte anderthalb Meter tief und die Seekarte zeigte drei Meter bei Ebbe an. Genügend Wasser –

theoretisch.

„Fünf Grad zurück!“, rief Mia.

Das Heck schwankte bei einer unerwarteten Welle seitwärts. Es war, als stolpere man in einen Boxring, in dem sich zwei Profikämpfer – der Ozean und das Riff – gegenüberstanden. Und alles, was die *Serendipity* tun konnte, war, den Schlägen auszuweichen – oder es zu versuchen.

„Mia!“, kreischte Meredith.

Er hörte Mias Antwort nicht, denn der Kampf eskalierte, bis sie sich in einer ohrenbetäubenden Arena befanden. Die Wellen rauschten. Die Takelage knarrte. Der Wind pfiff und–

Schhhhmmm. Von einem Moment auf den nächsten verblasste der Lärm zu einem Murmeln am Heck. Die *Serendipity* war durch die Passage und in die geschützte Bucht geglitten.

„Ich sehe die Mooring-Boje!“, rief Mia mit einem den Himmel lobenden Ton in der Stimme.

Das Boot glitt vorwärts und er sprang gerade noch rechtzeitig an Deck, um zu sehen, wie Mia einen weißen Ankerball einholte. Das Boot glitt zu einem anmutigen Halt, als Meredith die Leinen losließ, und das war es. Sie waren drin.

Ryan ließ sich hart auf die Bank fallen. Sein Herz schlug immer noch doppelt so schnell.

Kapitel 13

Mia umklammerte den Festmacher so heftig, dass die Leine in ihre Handfläche schnitt. Noch lange, nachdem sie sie in einer doppelten Acht um eine Klampe geschlungen hatte, hielt sie sie weiter fest. Denn sie hatten es geschafft. Die *Serendipity* war in Sicherheit.

Sie warf den Kopf zurück, entdeckte Orion am Himmel und murmelte ein kleines Dankgebet an den Gott oder die Geister, die sie in diese winzige, geschützte Bucht geführt hatten. Sie tat so, als würde ihr Herz nicht halb aus der Brust schlagen, und musterte die Bucht, als segelte sie die ganze Zeit mitten in der Nacht ohne Motoren-Back-up durch enge Passagen.

Gott, sie hatten es geschafft. Sie hatten es tatsächlich geschafft.

Die Bucht gehörte ihnen, und ihnen allein. Ein hoher Landrücken wölbte sich um die kleine Wasserfläche und schützte die *Serendipity* vor Wind, Wellen und den Blicken zufälliger Passanten.

Kaum hatte sie das Segel heruntergelassen und war ins Cockpit gesprungen, zog ihre Schwester sie in ihre Arme.

„Wir haben es geschafft", murmelte Meredith. Es lag keine Spur von Triumph in ihrer Stimme, nur Erleichterung.

„Ja, wir haben es geschafft."

Sie standen beide da und hingen aneinander, wie sie es seit der ersten Klasse nicht mehr getan hatten. Und ihr wurde klar, dass es das war, was ihr Großvater gemeint hatte, als er sagte, dass sie den Kontakt zueinander wiederfinden sollten. Nicht nur mit der großen, weiten Welt, sondern auch mit sich selbst. Seit der Uni waren sie getrennte Wege gegangen, aber jetzt... Es war, als kämen sie nach sehr langer Zeit wieder nach Hause.

Nach Hause. Zur *Serendipity*. Sie schniefte leicht an der Schulter ihrer Schwester.

„Opa wäre stolz." Merediths Augen strahlten, als sie sich von ihr löste.

Mia nickte. Ja, das wäre er. „Auf uns beide." Es war wichtig, diesen Teil zu betonen, denn Meredith brauchte trotz all ihrer Leistungen jede Erinnerung, die sie bekommen konnte.

Dann erinnerte sich Mia daran, dass nicht nur sie und ihre Schwester anwesend waren. Ryan stand still daneben und sah ein wenig verschämt und sehr neugierig aus. Fast wie ein Meermann, der die menschliche Art studierte.

Ein sehr muskulöser, sehr stiller Meermann mit smaragdgrünen Augen, die sagten, *Sterbliche Seglerin, das hast du gut gemacht.*

Die Zeit machte einen kleinen Sprung und plötzlich umarmte sie ihn, ohne Anfang und ohne Ende. Und zum ersten Mal, seit die Verrücktheit des Tages vor Ewigkeiten begonnen hatte, hatte sie das Gefühl, dass vielleicht, nur vielleicht, alles in Ordnung kommen würde. Was nur zeigte, wie Durcheinander ihre Gedanken waren, denn es war absolut nichts in Ordnung.

Etwas bewegte sich neben ihrem Ellbogen und sie wich widerwillig von Poseidon – ähm, Ryan – zurück. Sie sah gerade noch, wie ihre Schwester das aufblasbare Kajak über die Seite hinunterließ.

„Was machst du denn?"

Meredith ging mit dem Kajak zum Heck. „Ich gehe an Land."

„Du tust was?", riefen sie und Ryan wie aus einem Mund.

Meredith machte das Kajak fest und stieg in die Kajüte hinunter, wo sie ein paar Sachen in einen Rucksack stopfte. „Das Boot ist hier sicher und ihr müsst euch ausruhen. Aber ich muss herausfinden, was hier los ist."

Mia blinzelte. Ihre Schwester hatte gerade eine dieser Superwoman-Verwandlungen durchgemacht, wie es von Zeit zu Zeit geschah, wenn aus der unsicheren, zweifelnden Meredith diese kühle, ruhige und gefasste Meredith wurde. So wie es passierte, wenn sie zur Arbeit ging. Typisch Meredith – eine Frau, die mit allem umgehen konnte – mit Blut und Gedärmen und schreienden Babys... Mit allem, nur nicht mit dem Wirrwarr der schlimmen Erinnerungen in ihrem Kopf.

„Ich rufe Celeste an", sagte Meredith und wählte bereits, „und bitte sie, mich abzuholen. Sie wird wissen, an wen sie sich wenden muss." Sie hob eine Hand und sprach in den Hörer. „Hallo Celeste? Ich bin es, Meredith... "

Mia warf einen Blick zum Ufer. Es war nicht sehr weit und es gab einen schmalen Pfad, der die Klippe hinaufführte, die sie das letzte Mal erkundet hatten, als sie hier vor Anker lagen. Sie konnte kaum klar denken. Vielleicht hatte Meredith recht. Aber wenn ihre Schwester jetzt ging...

Sie warf Ryan einen Blick zu. Vielleicht dachte er dasselbe, denn in dem Moment, als sie aufschaute, sah er weg. Ein paar aufmüpfige Nervenenden kribbelten, aber der Rest in ihr zuckte zusammen. Wenn Meredith ging, wären sie beide allein. Und früher oder später würden sie den Haufen Dreck wegschaufeln müssen, den sie zwischen ihnen beiden hatte auftürmen lassen. War sie wirklich bereit, sich alledem zu stellen?

„Komm schon. Spring rein." Meredith schnallte ihren Rucksack auf und winkte sie zum Kajak. Mia blinzelte. *Sie* sollte doch eigentlich diejenige sein, die schnelle Entscheidungen traf, während ihre Schwester zwischen tausend Für und Wider schwankte.

„Paddle mit mir ans Ufer und dann wieder zurück. Damit ihr das Kajak habt, nur für alle Fälle", sagte Meredith.

Es machte Sinn, denn das Schlauchboot war vor zwei Stunden von Kriminellen versenkt worden, die sie umbringen wollten.

Plötzlich fühlte sich Mias ganzer Körper wie Blei an. Gott, war sie müde. Wirklich, wirklich müde.

Ryan drückte eine Hand auf ihren Arm. „Ich mache es."

Sie schloss die Augen und stand so kurz davor, Ja zu sagen. Aber es war ihre Aufgabe, ihre Schwester ans Ufer zu bringen. Immerhin war sie diejenige, die sie in diesen Schlamassel hineingezogen hatte. Sie sollte besser diejenige sein, die sie wieder herausholte. Egal wie verlockend es war, einen Helden die Drecksarbeit tun zu lassen.

„Ich mache das schon", sagte sie.

„Bist du sicher?“

Es war dieselbe Frage, die sie ihrer Schwester stellte, nachdem sie an Land gegangen waren und wieder auf festem Boden standen. „Bist du dir sicher, Mer?“

Meredith nickte. „Ich schaffe das und Celeste wird mir helfen. Aber was ist mit dir? Bist du dir sicher?“ Sie nickte mit dem Kopf in Richtung Boot und zu Ryan, der am Heck Wache stand, wie er es von der ersten Sekunde an getan hatte, als sie losgepaddelt waren.

„Ich bin mir im Moment über gar nichts sicher“, seufzte Mia und versuchte, nicht in seine Richtung zu schauen. Meredith musterte sie. „Ich mache mir Sorgen um dich.“

„Ich mache mir Sorgen um das Boot.“

„Mit dem Boot ist alles klar. Aber du hast eine Menge durchgemacht.“

Mia hätte fast gelacht, denn ihre Schwester wusste nicht einmal die Hälfte der Dinge. „Ich komme schon klar.“

„Nun, ich schätze, du hast einen Leibwächter.“ Meredith schenkte ihr ein verschmitztes Lächeln. „Und zwar einen ziemlich beeindruckenden.“

Mia seufzte. Sie war sich nicht sicher, ob Ryan das Problem oder eine Lösung war.

„Außerdem glaube ich, dass ihr beide ein bisschen Freiraum braucht“, fügte Meredith hinzu.

„Freiraum?“ Die Dinge waren ihr klar erschienen, als Mister Groß-Geheimnisvoll-Attraktiv noch tausende Kilometer entfernt und viel leichter zu hassen gewesen war.

„Er ist doch Polizist, oder?“, fügte Meredith hinzu.

„Ein Polizist, der etwa achttausend Kilometer außerhalb seines Zuständigkeitsbereiches ist.“

„Du kriegst das schon hin“, flüsterte Meredith und umarmte sie zum Abschied.

Mia fragte sich, ob ihre Schwester damit meinte, dass sie einen Weg finden würde, mit den Bösewichten fertigzuwerden, die hinter ihr her waren. Oder was sie mit dem guten Kerl machen sollte, dem Mia sich noch nicht stellen wollte. Aber so oder so gönnte sie sich eine Minute des Trostes. So nah waren sie einem guten schwesterlichen Gespräch seit Langem nicht mehr gekommen, und es tat gut.

„Geh schlafen", sagte Meredith. „Ich rufe dich morgen früh an."

Und damit machte ihre Schwester sich auf den Weg, den Hügel hinauf und außer Sichtweite. Mia blinzelte gegen den plötzlichen Ansturm von Tränen an und klammerte sich an das Kajakpaddel, als wäre es ein Anker, ein Kompass oder etwas anderes – irgendetwas – das sie aus diesem Schlamassel herausholen würde.

Kapitel 14

Ryan beobachtete Mia beim Zurückpaddeln, genauso wie er sie auf dem Hinweg beobachtet hatte – wie ein Adler, denn sie brauchte jetzt wirklich nicht noch einen Fall von Pech, wie vielleicht ein Loch in dem aufblasbaren Kajak oder einen U-Boot-Angriff oder Gott weiß, was sonst noch für Herausforderungen in ihrem Tag auftauchen könnten.

Und Mann, es war ein verdammt harter Tag.

Sie hatte ihre Schwester zum Abschied umarmt, als würden sie sich für ein ganzes Leben und nicht nur für eine Nacht trennen. Er kannte dieses Gefühl nur zu gut – dieses Wir-sind-durch-die-Hölle-und-zurück-gegangen Gefühl, von dem er immer angenommen hatte, dass es nur Polizisten und Militärs nach wirklich knappen Einsätzen spürten.

Aber so wie es aussah, konnten auch Zivilisten dieses Gefühl erleben. Schwestern.

Er schaute zu, wie Mia lautlos durch das Wasser glitt. Ein dunkler Fleck in der silbrigen Bucht, und er fragte sich, warum er jemals zugelassen hatte, dass sie aus seinem Leben verschwand. Er fragte sich auch, wie zum Teufel er sie in sein Leben zurückholen konnte, denn welche andere Frau würde in ein Kajak steigen und ihren Pferdeschwanz über die Schulter werfen, als würde sie jeden Tag ein solches Abenteuer – oder Missgeschick – erleben?

Das Kajak stieß gegen den Rumpf des kleinen Segelboots und er griff nach der Leine.

„Hast du die ganze Zeit hier gestanden?", fragte Mia und kletterte die Heckleiter hinauf.

„Nein", log er.

Technisch gesehen, könnte er behaupten, dass er die meiste Zeit damit verbracht hatte, nervös auf und ab zu gehen. Oder zumindest so weit, wie ein Mann auf einem elf Meter Deck gehen konnte. Es gefiel ihm nicht, wenn sie alleine im Dunkeln unterwegs war, auch wenn der Mond etwas Licht spendete. Er war auch einmal kurz in die Kajüte gegangen, nur um alles in sich aufzunehmen: die Vorstellung von zwei Schwestern, die Tausende von Kilometern entfernt von allem, was vertraut und sicher war, in einem winzigen, schwimmenden Zuhause lebten. Er hatte auch gegen ein paar Schotten geklopft, um sich zu vergewissern, dass das Boot stabil war. Wenn man an Hunderte von Metern soliden Navy-Stahl gewöhnt war, kam einem ein kleines Boot wie die *Serendipity* lächerlich zerbrechlich vor. Seine Handfläche bestätigte ihm jedoch, dass das kleine Boot stabil genug war.

Die Bilder, die in der Kajüte hingen, sagten das Gleiche. Sie waren wie eine Zeitreise, die aufzeigte, wo das kleine Boot gewesen war und mit wem. Der weise alte Mann auf dem großen Bild im Salon musste der Großvater sein. Die beiden lächelnden Kerle auf den neueren Bildern waren sicher die Cousins, die das Boot in die Karibik gebracht hatten. Es gab auch ein Foto von einer fähig wirkenden Frau, die einen Bikini unter einer Schlechtwetterjacke trug, die sie halb zugezogen hatte. Und obwohl die Wellen im Hintergrund größer aussahen als ein Haus, grinste sie, als wäre es der schönste Tag aller Zeiten. Es war ein so breites Lächeln, das nicht so sehr für die Kameralinse, sondern für das Herz eines besonderen Menschen bestimmt waren.

So wie Mia ihn früher immer angelächelt hatte, vor langer Zeit.

Im Moment biss Mia sich jedoch auf die Lippe, hielt ihren Kopf gesenkt und wich seinem Blick aus.

„Geht es dir gut?"

„Alles klar", murmelte sie.

Na sicher. Alles klar. Deshalb zitterten ihre Hände auch, als sie die Leine festmachte.

Er nahm sie bei den Händen, setzte sie ins Cockpit und ließ sich ihr gegenüber nieder, während er sich noch fragte, wo er anfangen sollte.

„Willst du reden?“, versuchte er es.

„Nein.“

Mia schüttelte den Kopf, rührte sich aber keinen Zentimeter. Ryan nahm an, dass dies einer dieser Nein-heißt-Ja-Momente war. Nicht wirklich gut, denn zu reden... Nun, er selbst hatte viel mit einem Stein gemeinsam, wenn es um diese Art von Dingen ging.

Er fuhr sich mit den Fingern durch die Haare, rieb sich das Gesicht und wünschte, er könnte sich schnell duschen oder rasieren oder vielleicht schwimmen – irgendetwas, um das unvermeidliche Gespräch doch zu vermeiden.

Mia wollte sich gerade erheben. „Ich prüfe besser die Festmacherleine.“

Er zerrte sie wieder nach unten. „Mia–“

„Wirklich, ich sollte besser... “

„Wir müssen reden, Mia.“

Sie starrte schweigend auf ihre Füße. Und auch er starrte, denn mehr als *Wir müssen reden* konnte er nicht hervorbringen. Er schaute sich um und wünschte sich einen Cyrano, der ihm die richtigen Worte ins Ohr flüsterte.

Kein Cyrano. Kein Kumpel, was auch gut passte, denn es waren schließlich seine Kumpels gewesen, die ihn überhaupt erst in diesen Schlamassel hineingeritten hatten.

Was ein guter Ausgangspunkt war, wie er fand.

„An jenem Morgen in New York... “ Der Morgen, der so gut begonnen und so schlecht geendet hatte. Er hatte sie zum Abschied geküsst, ihr viertes perfektes gemeinsames Wochenende beendet und sich auf den Weg gemacht, um sich einem weiteren Montag zu stellen. Einer weiteren Woche in dem, was zu einer erdrückenden Plackerei geworden war. „Ich hatte nicht erwartet, dass du den Auffrischungskurs geben würdest.“

Sie lachte leise und bitter. „Glaube mir, ich hatte es auch nicht erwartet.“

Er ließ den Kopf ein wenig hängen. Offensichtlich war seine glänzende Idee, die Arbeit nicht Teil ihrer kostbaren, gemeinsamen Zeit werden zu lassen, ein Fehler gewesen. Denn Mia hatte keine Ahnung gehabt, dass er Polizist in der Taucheinheit war.

Und er hatte keine Ahnung gehabt, dass sie Tauchlehrerin war, bis sie es beide auf die harte Tour herausfanden.

Er hatte seinen Arsch zur Arbeit geschleppt, während er die ganze Zeit über an ihre sanften Berührungen gedacht hatte. Sie hatten sich an diesem Morgen eine weitere halbe Stunde geliebt und sich erst voneinander losgerissen, als der Schlummeralarm zum vierten Mal klingelte. Denn wer brauchte schon Frühstück, wenn man den Tag *so* beginnen konnte?

Aber Arbeit war Arbeit und ein Mann tat, was er tun musste. Das bedeutete, sich mit seiner Einheit zu treffen und zu einem Schwimmbad zu fahren, um an einem dieser nutzlosen Auffrischungskurse teilzunehmen, die nach dem Unfall vor einem Monat für notwendig erachtet wurden.

„Als hätte ein Auffrischungskurs Lou und Dennis gerettet, als die Kacke am Dampfen war", hatte Ken gemault, als er sich in der Umkleidekabine auszog und in seine Badehose schlüpfte.

Alle hatten zustimmend gemurmelt, außer vielleicht Ryan selbst, der sich mit geschlossenen Augen an einen Spind gelehnt hatte, weil er immer noch das Strahlen genoss, das Mia ihm immer gab.

„Wenigstens ist die Tauchlehrerin süß", seufzte Ken. „Hast du sie gesehen?"

„Ich glaube, Hayes träumt gerade von ihr", scherzte Murphy.

Ryan hatte ein Auge aufgerissen. „Was?"

Sie hatten gelacht. Wenn sie ihn damit meinten, war es ihm egal. Zum einen war er viel zu glücklich und zum anderen freute er sich, die Jungs lachen zu hören. Es war ein beschissener Monat für die Truppe gewesen. Ein Monat voller grimmiger Blicke, zusammengepresster Lippen und Bedauern, in dem sich jeder von ihnen fragte, wie sie die Uhr zurückdrehen und irgendetwas anders machen könnten, um die Leben ihrer Kollegen zu retten.

„Hayes sieht aus, als hätte er ein tolles Wochenende gehabt", lachte Murphy. „Wer ist sie denn, Mann? Ist es dieses süße Ding, das dir im Schwimmbad dauernd in den Arsch tritt?"

Er schüttelte den Kopf, konnte das breite Grinsen aber nicht von seinem Gesicht vertreiben. Es war ein Wahnsinnswochenende gewesen und das nicht nur wegen der Zeit, die sie im Bett verbracht hatten. Sie waren die Hälfte des Samstags im Central Park spazieren gewesen. An einem dieser sonnigen Spätwintertage, die sich anfühlten, als ob der Frühling gleich um die Ecke wäre, wenn man weit genug lief. Mia hatte jeden Hund gestreichelt, ihm Formen in den Wolken gezeigt und ihm von den Sommern erzählt, die sie in Maine auf einem kleinen Boot verbracht hatte, das ihrem Großvater gehörte. Ein Boot, von dem Ryan nie gedacht hätte, dass er es jemals zu Gesicht bekommen würde, weil er zu sehr damit beschäftigt war, die neuartige Tatsache zu bewundern, dass sie eine Frau war, mit der er außerhalb des Schlafzimmers genauso viel Spaß hatte wie zwischen den Laken.

Am Sonntag hatte sie ihn sogar in ein Museum geschleppt. Die Ausstellung war von einem Künstler, der blaue Pferde, gelbe Hunde, rote Kühe und anderen verrückten Scheiß malte, den jeder Zehnjährige hingekriegt hätte. Aber Mia fand es toll. Stattdessen konzentrierte er sich auf die wichtigen Dinge, wie zum Beispiel, wie warm ihre Hand in seiner war, als sie ihn von einem Bild zum anderen zog. Wie breit ihr Grinsen war und wie hell ihre Augen strahlten, als sie sprachlos vor jedem Bild stehen blieb, bevor sie zufrieden seufzte und zum Nächsten trippelte. Wie ein Fohlen, das sich nicht entscheiden konnte, in welcher Ecke der Weide das Gras am grünsten war.

Er hatte all das immer noch im Kopf und so schien es ihm nicht wichtig, die Jungs in ihren Scherzen zu bremsen, auch wenn sie es ein wenig übertrieben hatten.

„Seht ihn euch doch mal an!", gackerte Murphy. „Hayes wurde nicht nur flachgelegt, er wurde völlig erledigt."

„So richtig erledigt, würde ich sagen", fügte Ken mit seinem dreckigen Long Island-Akzent hinzu. „Erde an Ryan, hallo?"

Er winkte ab und zog sich seine Badehose an.

„Redet sie gerne, Hayes?" Ken erhob seine Stimme: „Oh, Ryan, Baby! Härter, härter!"

Tatsächlich war das gar nicht so weit hergeholt, aber er hielt seine Lippen versiegelt.

„Untersucht seinen Rücken auf Kratzspuren, Jungs."

Er warf seine Sachen in einen Spind und wusste genau, dass sie nichts sehen würden, denn Mia hatte ihre Arme über den Kopf gestreckt, um sich am Bettgestell festzuklammern und ihm jeden Zentimeter ihres heißen Fleisches entgegengestreckt. Sie hatte darauf vertraut, dass er sie beide so hoch fliegen lassen würde, dass sie auf die Penthäuser von New York hinunterschauen könnten.

„Keine Spuren. Vielleicht warst du nicht Manns genug, um es ihr richtig zu besorgen, Hayes."

Oh, und wie er es ihr besorgt hatte. Genauso wie sie ihm.

Die Jungs hatten die ganze Zeit bis nach dem Duschen weitergescherzt.

Ken hatte mit diesem verrückten Lachen gegackert, das Ryan bereits seit einem dunklen trostlosen Monat nicht mehr gehört hatte. „Ich sage, es ist gut, dass Hayes endlich um den Verstand gefickt wurde."

Ja, es war grob. Ja, es war dumm. Ja, er hätte sie zügeln sollen, bevor sie um die Ecke zum Schwimmbad bogen und praktisch jemanden über den Haufen rannten. Ryan musste die Frau am Arm festhalten, damit sie nicht umfiel.

„Entschuldigung", platzte er heraus und zog sie wieder auf die Beine.

„Kein Pro–", fing die Frau an zu sagen und strich sich das Haar aus dem Gesicht. Sie starrte ihn mit großen, blauen Augen an. „Ryan?"

„Mia?"

Ken wählte genau diesen Moment, um ihm aus der Dusche zu folgen, und redete pausenlos über seine Schulter mit den anderen Jungs. „Wie ich schon sagte, es ist gut, dass Hayes endlich von einem hübschen, kleinen Ding um den Verstand gefickt wurde. Vielleicht teilt er etwas mit euch armen Schluckern..."

Ken verstummte, aber Murphy tauchte hinter ihm auf und grinste breit. „Was hast du gesagt, wie sie heißt, Hayes?"

„Mia!", rief der andere Tauchlehrer von der anderen Seite des Beckens. „Warum bringst du die Einheit nicht hier hinüber, damit wir anfangen können?"

Ryans Magen war schneller in seine Kniekehlen gerutscht, als ein torpediertes Schiff sinken konnte, weil sein rotwangiges, naturliebendes, lebenslustiges Mädchen kreidebleich wurde. Mia ballte ihre Fäuste und schaute ihn auf eine Weise an, wie sie es noch nie getan hatte. Nicht dieser *Ryan, ich mag dich wirklich*-Blick.

Auch nicht ihr *Ryan, du bist wirklich süß*-Blick.

Eher ein *Ryan, du bist der Abschaum der Menschheit*-Blick.

Zwei weitere Kerle stürmten hinter ihm heraus, ohne zu bemerken, was vor sich ging.

„Hast du es in der Dusche mit ihr versucht, Hayes?"

„Ja, hast du sie eingeseift? Oder hat sie dich abgespült?"

Jemand brachte den Kerl mit einem Ellbogen dazu, die Klappe zu halten, aber es war zu spät. Mias Gesicht wurde so blass, dass ihre Haut praktisch durchsichtig war, bevor sie knallrot wurde.

„Also, welchen von euch New Yorker Bullen soll ich wegen sexueller Belästigung anzeigen? Dich?" Sie streckte einen Finger in Kens Richtung, bevor sie weiterging. „Dich?"

Murphy wich einen Schritt zurück und streckte die Hände hoch.

„Oder dich?" Sie starrte ihn mit zusammengekniffenen Augen an. Ryan Hayes, der dümmste Bulle, den es in den fünf Stadtteilen je gegeben hatte, weil er eine einzige unbedachte Bemerkung *so* weit hatte ausufern lassen.

Ihre Finger zitterten leicht, aber sie blieb standhaft. Denn Mia war Mia und wenn sie einmal etwas angefangen hatte, gab sie niemals auf.

Er sah sie jetzt an, starrte auf ihre Zehen im Mondlicht und wartete darauf, dass sie ihre Hände zu Fäusten ballte und ihm genau das gab, was er verdiente.

Aber sie tat es nicht, genauso wie sie es damals nicht getan hatte. Sie hatte einfach auf dem Absatz kehrtgemacht, war zur Ecke des Beckens gegangen, die für den Kurs mit einem Whiteboard ausgestattet worden war, und hatte ihn angefunkelt. Sie hatte ihn angefunkelt und angefunkelt und angefunkelt, als der andere Ausbilder sie für die erste Übung der acht endlosen Stunden der Hölle ins Becken holte, die Mia in eisigem Schweigen verbrachte und die Jungs ansah, als wären sie ein Haufen Übeltäter, die es nicht verdient hatten, dass sie sich mit ihnen beschäftigte. Was sie in gewisser Weise auch waren.

Selbst als sie von einer kurzen Mittagspause zurückkamen, sagte sie immer noch kein Wort. Und wenn sie das blaue Auge bemerkte, das Ryan Ken bei der ersten Gelegenheit verpasst hatte, kommentierte sie es nicht.

Mit Ken war es leicht, sich zu versöhnen, auch wenn Murphy ihn nach einer fünfzehnminütigen Abkühlungsphase dazu bringen musste, es noch einmal zu versuchen.

„Es tut mir leid, Mann", sagte Ken. „Ich dachte nicht, dass sie deine… deine… Nun, ich habe einfach nicht nachgedacht."

Und das brachte es so ziemlich auf den Punkt, nicht wahr?

„Alles klar, Mann?" Ken streckte die Hand zu einem Fauststoß aus, den Ryan halbherzig erwiderte. Ja, zwischen ihm und Ken war alles klar. Zwischen ihm und Mia andererseits…

Sie saß ihm jetzt gegenüber und die mitternächtliche Brise spielte mit ihrem Haar und warf unsichere Schatten über ihr Gesicht. Mia, die in diesem Moment nur einen halben Meter, aber gleichzeitig eine ganze Welt entfernt von ihm saß. Wenn doch nur ein Fauststoß genügen würde, um alles wiedergutzumachen.

„Es tut mir so leid, Mia."

Da waren sie wieder, diese lächerlich unzureichenden Worte.

Er war nach dem Kurs noch eine Stunde im Schwimmbad geblieben und hatte auf eine Gelegenheit gewartet, um mit ihr zu reden. Nur um dann feststellen zu müssen, dass sie durch die Hintertür verschwunden war.

Die elegante Mia Whitman, die sich durch die Hintertür davonschleichen musste. Seinetwegen. Das mulmige Gefühl, gegen das er den ganzen Tag angekämpft hatte, wuchs.

Jedes Hupen im Straßenverkehr, jede Stimme auf der Straße war ein Vorwurf, als er sich am Ende dieses missratenen Tages auf den Heimweg machte. Aus den paar Tagen, die er Mia zur Beruhigung geben wollte, wurde eine Woche und dann zwei. Und nach zwei Wochen war es zu spät, denn sie war verschwunden. Die Frau, die die Tür zu der Wohnung öffnete, in die sich Mia eingemietet hatte, wusste nur, dass die vorherige

Bewohnerin weg war. Wohin Mia gegangen war oder wie man sie erreichen konnte, wusste die Frau nicht.

Verschwunden. Mia war einfach weg gewesen. Weg aus dem Schwimmbad, in dem sie ihre morgendlichen Bahnen geschwommen war. Verschwunden aus der Wohnung. Verschwunden aus seinem Leben.

Der Frühling, der so vielversprechend erschienen war, welkte dahin. Und der Winter kehrte mit aller Macht zurück, feucht und kalt und grau, vor allem an den Wochenenden, wenn er sich fragte, warum das Ende einer Kurzzeitbeziehung an jedem Tag tausend traurige Fragen aufwarf.

„Okay, sie war wirklich sauer", hatte Ken ungefähr zu dieser Zeit gesagt. „Aber hat sie nicht auch etwas überreagiert?"

Das hatte er auch gedacht. Zumindest am Anfang. Aber dann, an einem äußerst deprimierenden Sonntag, der ein wirklich toller Sonntagmorgen hätte werden können, hätte er ihn mit Mia verbracht – wäre er nicht so ein Arschloch gewesen – ließ er seine kribbligen Finger ein wenig im Internet schnüffeln und folgte der Ahnung, die in seinem Hinterkopf aufgekeimt war.

Mia Whitman, sexuelle Belästigung. Er tippte es als Suchbegriff ein, drückte auf *Enter* und wartete.

Nichts.

Er starrte eine Weile auf den Bildschirm und tippte dann erneut.

Mia Whitman, olympisches Schwimmen. Denn eine Frau, die wie Mia schwamm, musste so gut oder zumindest nah dran gewesen sein, nicht wahr?

Und Bingo: Seitenweise Ergebnisse von Schwimmwettkämpfen, die noch nicht allzu lange zurücklagen, mit Mias Namen an der Spitze oder zumindest in der Nähe davon. Oft war sie in den obersten zehn oder sogar in den obersten fünf Ergebnissen der großen Uniwettkämpfe vertreten. Und zwar mit Zeiten, die ihn zum Pfeifen brachten, so schnell waren sie. Er blätterte durch weitere drei Seiten mit Ergebnissen, bevor ihm eine Schlagzeile ins Auge sprang.

Collegeschwimmerin lässt die Vergangenheit hinter sich für ihre Chance auf olympisches Gold.

Nachdem er die ersten drei Sätze des Artikels gelesen hatte, kochte sein Blut bereits.

Für die meisten Teilnehmer sind die Ausscheidungen für die Olympischen Spiele in dieser Woche eine Chance, sich einen Traum zu erfüllen. Für eine Teilnehmerin ist es die Gelegenheit, einem Albtraum zu entkommen, so hatte der Artikel begonnen. *Jahrelang verfolgte Mia Whitman ihre Träume mit einem intensiven Trainingsprogramm: morgendliche Trainingsstunden, abendliche Übungen, dazwischen kaum Zeit für eine Dusche, Mahlzeiten und Unterricht...*

Er überflog den nächsten Teil und wurde dann wieder langsamer.

Henry J., ein Kommilitone an der Tufts-Universität, hat die Kamera in der Nacht in den Duschen angebracht...

Das Damenteam konnte nicht ahnen, dass...

Hätte er die tatsächliche Zeitung in der Hand gehalten, hätte er sie zerpflückt und weggeworfen. Er hatte sich so sehr gewünscht, er könnte zurücknehmen, was die Jungs in seiner Einheit gesagt hatten.

„Hast du es in der Dusche mit ihr versucht, Hayes?"

„Ja, hast du sie eingeseift?"

Er holte fünfmal tief Luft und las weiter.

Die Videos zirkulierten in mehreren Studentenverbindungen, bevor sie der Campuspolizei zur Kenntnis gebracht wurden...

Klage wegen sexueller Belästigung durch die Leiterin des Damenteams.

Er schüttelte mit jeder Zeile mehr den Kopf. Es war einer dieser Fälle, bei denen eine Frau mehr zu verlieren hatte, wenn sie einen Mann vor Gericht brachte, als wenn sie ihn davonkommen ließ. Aber Mia war ihren Prinzipien treu geblieben, hatte Anzeige erstattet und den Fall öffentlich gemacht, wodurch sie einen Strudel der Enthüllungen auf sich gezogen hatte. Er konnte sich die geflüsterten Kommentare vorstellen, die sie hatte ertragen müssen.

„Hey, ist das nicht die Tussi aus den Videos?", hätte so mancher Student auf dem Weg zur Vorlesung getuschelt.

„Hey Baby, willst du dich für mich einseifen?", würde der Kumpel des Idioten hinzufügen.

Ryan schwang einen imaginären Baseballschläger in seinen Händen und stellte sich vor, wie gut es sich anfühlen würde, solche Typen damit zu vermöbeln.

Jetzt will sie das alles hinter sich lassen, hieß es in dem Artikel. „*Ich möchte nur meine Bestzeit schwimmen*", sagte Whitman und lehnte jeden weiteren Kommentar ab...

Er suchte weiter und fand schließlich die Ergebnisse der Ausscheidung für die Olympischen Spiele. Er fuhr mit dem Finger eine Zeile nach der anderen mit Namen, Zeiten und Platzierungen ab, bis er sie schließlich fand: Mia Whitman, 800 m der Frauen, fünfter Platz. Ein knappes Rennen, bei dem sie ihre Chance um den Bruchteil einer Sekunde verpasst hatte. Das Ende eines olympischen Traums.

Hatte es an der Publicity wegen des Belästigungsfalls gelegen? Er bezweifelte es, denn Mias Ergebnis war eine persönliche Bestleistung. Aber es erklärte auf jeden Fall ihre Reaktion an jenem Tag beim Auffrischungskurs mit seiner Einheit.

Er hatte noch lange vor dem Bildschirm gesessen und sich so gründlich übers Gesicht gerieben, dass er sich wahrscheinlich erst in ein paar Wochen wieder rasieren müsste.

Nein, Mia hatte nicht überreagiert. Nicht im Geringsten.

Kapitel 15

Mia saß ganz still und versuchte, die Tränen zurückzuhalten.
Ein Wirrwarr von Tränen, denn ganz egal, wie oft sie sich sagte, dass die Erinnerung an die dummen Kommentare sie nicht
verletzen würde, tat sie es trotzdem. Aber gleichzeitig berei-
tete ihr Ryans Anblick, der sie ansah wie ein trübseliger und
untröstlicher Basset Hound, eine ganz andere Quelle des Kum-
mers.

Sie schlang ihre Finger ineinander und überlegte, was sie
sagen sollte.

„Du hast es ihnen erzählt“, sagte sie und es kam irgendwie in einer Mischung aus einem ungläubigen Flüstern und
einem wütenden Zischen heraus. „Du hast all den Typen im
Schwimmbad gesagt, dass du mit mir schläfst!“

Ryan schüttelte den Kopf. „Ich habe es niemandem
erzählt.“

Gott, musste er denn so … mitgenommen aussehen?

„Sie wussten es alle!“

„Aber nicht, weil ich etwas gesagt habe, Mia. Ich schwöre
es.“

Sie verschränkte die Arme und versuchte, von sich
überzeugt auszusehen. „Ja klar.“

„Mia, wenn ein Mann das beste Wochenende seines Lebens
erlebt, merken dass die Typen, die ihn gut kennen.“

Ein Teil von ihr drohte, weich zu werden, denn es war auch
das beste Wochenende ihres Lebens gewesen. Ihr viertes gemeinsames und es wurde von Mal zu Mal besser. So gut, dass
sie fast den Mut aufgebracht hatte, Ryan von ihrem großen
Plan zu erzählen, wie sie ihren Job in New York an den Nagel
hängen und in die Karibik fliegen wollte, um auf dem Boot ih-

res Großvaters zu segeln. Dass es ihr wirklich nichts ausmachen würde, wenn er sie besuchen käme, denn vielleicht könnten sie dieses magische Etwas noch eine Weile länger aufrechterhalten. Vielleicht sogar noch viel länger. Sie könnten eine Zeit lang in den Tropen segeln und danach nach New York zurückkehren und…

Sie trat auf ihre mentale Bremse. Vielleicht hatte sie zu viel geträumt. Vielleicht war Ryan gar nicht der süßeste Kerl aller Zeiten, sondern nur ein weiteres Arschloch.

„Mit welcher Art Leuten arbeitest du eigentlich zusammen? Was sind das für Typen, die du Freunde nennst?"

Er kniff die Augen zusammen und wurde grimmig. „Gute Leute, Mia. Männer, die ihr Leben aufs Spiel setzen."

„Ja, und den Ruf anderer Leute."

Seine Lippen bebten, aber er gab keinen Laut von sich, also fuhr sie fort.

„Was sie über mich gesagt haben, war ekelerregend. Erniedrigend. Weißt du eigentlich, wie es sich anfühlt, die Eroberung zu sein, zu der sich Männer gegenseitig gratulieren?"

„Du bist keine Eroberung, Mia." Seine Stimme war tief und fest. Wenn sie nicht so wütend gewesen wäre, hätte er vielleicht sogar beängstigend geklungen.

„Nein, ich bin nur ein toller Wochenendfick."

„Das habe ich nicht gesagt!"

„Hast du wohl! Du hast gesagt… "

„Was habe ich gesagt?" Seine Stimme wurde von schroff zu flehend. „Denke zurück, Mia. Was habe ich gesagt?"

„Du hast gesagt… Du hast gesagt… " Sie ballte die Fäuste und durchforstete ihr Gedächtnis. Hatte er nicht gesagt… Oder war er der gewesen, der…

Sie suchte und suchte und kam zu keinem Ergebnis.

Okay, vielleicht hatte er tatsächlich nicht viel gesagt.

„Gut. Vielleicht hast du gar nichts gesagt, aber das ist genauso schlimm."

„Ich wusste nicht, dass du dort warst."

„Das ist genau mein Punkt!" Sie musste sich anstrengen, um nicht zu schreien. „Hinter meinem Rücken behandelst du mich wie Scheiße. Und in mein Gesicht bist du ganz lieb und nett.“

Und süß, stieß ihr Unterbewusstsein hervor. *Und niedlich. Und wirklich, wirklich aufrichtig.*

„Es war ein Fehler, Mia. Ein wirklich schlimmer Fehler. Ich habe den Rest des Tages damit verbracht, sie zum Schweigen zu bringen.“

„Sehr effektiv“, schoss sie zurück, obwohl ihre Entschlossenheit ins Wanken geriet.

Ryan schob das Kinn nach vorn. „Kens blaues Auge. Das hatte er zu Beginn des Tages noch nicht, oder?“

Sie blinzelte. Jetzt, da er es erwähnte, war da ein Typ mit einem blauen Auge gewesen...

„Und Murphy, der in den Pool gefallen ist?“

Sie zuckte mit den Schultern. „Sehr erwachsen.“

„Mia, es tut mir leid.“

„Geh in der Zeit zurück und mache es rückgängig“, sagte sie und wusste, dass sie ihn damit bei den Eiern hatte.

Er stockte. „Das kann ich nicht. Aber ich habe sie dazu gebracht...“

Sie unterbrach ihn, denn sie hatte genug gehört. „Mal im Ernst, Ryan, was machst du hier?“

Außer mein Leben zu retten, sagte ihr Unterbewusstsein. *Zweimal heute.*

Gott, es war schwer, wütend auf ihn zu bleiben, wenn er nur einen halben Meter entfernt saß. Sie schloss die Augen. Sich ins Bett fallen zu lassen und ihr Gehirn auszuschalten, hatte im Moment einen riesengroßen Reiz.

„Mia, was die Jungs gesagt haben, war falsch. Dass ich es nicht unterbunden habe, war falsch.“ Ryans Stimme klang gequält, als müsste er die Worte mit Gewalt herausbringen. „Aber wir sind keine kompletten Arschlöcher. Hör mir bitte nur eine Sekunde zu.“

Sie hielt die Augen geschlossen und presste die Lippen zusammen.

„Ich habe sie weiter herumwitzeln lassen, weil es das erste Mal seit einem Monat war, dass die Jungs wieder gelacht haben. Wir hatten ein paar wirklich schlimme Wochen hinter uns. Der Unfall. Die Befragungen. Die Bergung der Leichen…" Seine Stimme brach ein wenig.

Leichen?

„Die Beerdigungen, die Ermittlungen…"

Dann machte es *klick*. Sie war eine Woche nach einem schrecklichen Unfall, bei dem zwei Mitglieder der Taucheinheit ums Leben gekommen waren, in New York angekommen.

Ryans Einheit.

Aus irgendeinem Grund hatte sie die Verbindung vorher noch nie hergestellt. Sie hatte die Tragödie zusammen mit ganz New York betrauert, aber sie hatte damals nicht gewusst, dass Ryan ein Polizeitaucher war. Und als sie schließlich herausgefunden hatte, was er beruflich tat, war sie zu wütend gewesen, um sich über die Feinheiten seines Jobs Gedanken zu machen.

So wie die Frage, wie es wohl wäre, eine Leiche zu bergen. Und nicht nur irgendeine anonyme Leiche, sondern die Leiche eines Kollegen und Freundes. Und dann fragte sie sich noch ein bisschen mehr, wie zum Beispiel, was wäre, wenn Ryan so etwas nicht zum ersten Mal hatte tun müssen. Die Navy arbeitete schließlich nicht im Kinderplanschbecken.

Vielleicht ging es bei den wütenden Bahnen, die er schwamm, nicht nur um Bewegung. Vielleicht bedeuteten die Momente, in denen er sich schweigend entrückt zurückgezogen hatte, eine andere Art von Auszeit.

„Keiner von uns wollte an diesem Tag dieses Auffrischungstraining machen. Alle waren schlecht gelaunt und als sie anfingen, Witze zu machen…"

Als Ryan am Saum seiner Shorts kratzte, fing ein winziges Zucken am äußeren Winkel seines linken Auges an. Jetzt war er derjenige, der auf den Boden starrte, und sie war diejenige, die ihn studierte.

Vielleicht konnte man einem Kerl verzeihen, wenn er gewisse Dinge nicht teilte. Zum Beispiel, dass man mit derben Witzen den Schmerz über wirklich schlimme Dinge überspielen konnte.

„Ich wusste nichts von der Sache mit dem Duschvideo, Mia. Hätte ich es gewusst, hätte ich nie…"

Sie riss das Kinn herum. „Du weißt davon?"

Er nickte und sah zehn Jahre älter aus. „Es tut mir leid. Es tut mir wirklich leid."

Ihre Rippen schmerzten, als ein vertrauter Anflug von Wut in ihr aufstieg. Sie wollte mit dem Finger auf ihn zeigen und schreien und wüten und brüllen.

Aber sie hatte es nicht mehr in sich. Sie war so lange wütend gewesen, dass sie jetzt völlig erschöpft war.

Dies, und sie hatte einen wirklich beschissenen Tag gehabt. Ihre Haut juckte, ihre Muskeln schmerzten und ihre Gelenke knirschten, selbst wenn sie still saß. Aber egal wie müde sie war, sie wusste, dass sie niemals einschlafen würde. Ihr Körper war einfach zu sehr aus dem Gleichgewicht geraten. Und ihre Seele auch.

Sie legte eine Hand auf das Deck, denn die *Serendipity* hatte eine Art, sie zu beruhigen, so wie ihr Großvater es immer getan hatte. An dem Tag, an dem sie von der Uni nach Hause gerannt kam, als der ganze Videoskandal bekannt geworden war, war ihr Großvater zu ihr gekommen. Er hatte sie umarmt und zum Schnapsschrank ihres Vaters geführt.

Wir werden das wie echte Matrosen angehen, hatte er gescherzt und versucht, ihr Mut zu machen. *Mit einem guten kräftigen Schnaps.*

Er hatte ihr das Gefühl gegeben, so erwachsen und stark zu sein, dass sie das Getränk schließlich nicht annahm. Nicht einmal den Irish Coffee, an dem ihr Großvater die nächste Stunde lang in aller Ruhe genippt hatte, während er ihr Meeresgeschichten erzählte. Sie hatte sich zu seinen Füßen auf den Boden gesetzt, den Hund gestreichelt und ein kleines Stück des Guten durch den Schmerz zurückkehren lassen.

Vielleicht würde das jetzt helfen: Seemannsheilmittel. Ein guter kräftiger Schnaps.

„Willst du etwas trinken?" Sie taumelte so schnell auf die Beine, dass sie Ryan dabei fast umwarf.

Ryan im Sitzen war so viel kleiner als sie und seine tiefen, traurigen Augen musterten sie wie ein treuer, alter Basset. „Was hast du denn?"

Sie ging es in Gedanken durch. Sie hatten ein paar Bier, Wein in einer Kiste und ein wenig Rum. Außerdem den Whisky, den ihre Cousins Seb und Tobin für besondere Anlässe an Bord gelassen hatten. Irgendwie bezweifelte sie zwar, dass dies die Art Anlass war, die sie im Sinn gehabt hatten, aber zum Teufel, ein Schuss Whisky im Kaffee könnte ihr gut tun. Schlimmer konnte es jedenfalls nicht werden.

„Irish Coffee", flüsterte sie.

„Geht klar für mich", sagte er so leise, dass sie es kaum hören konnte.

Sie ging in die winzige Kombüse hinunter und entzündete die Propangasflamme, nachdem sie den Herd genauso vorbereitet hatte, wie ihr Großvater es sie gelehrt hatte. Sie starrte auf den Kessel, als das Wasser heißer wurde. Dann schloss sie die Augen und dachte an gar nichts mehr. Denn überhaupt nicht zu denken war besser, als völlig durcheinander zu sein.

Das Wasser fing an zu kochen, als die Treppe zur Kajüte knarrte. Die Luft hinter ihr wurde wärmer und zwei zaghafte Arme schlangen sich so sanft um ihre Taille, dass sie hätte seufzen können. Sie brauchte sich nur ein wenig zurücklehnen und der Himmel würde ihr gehören: mit dem Rücken an Ryans riesiger Brust.

Die Frage war, ob sie den Himmel wollte? Vertraute sie dem Himmel?

Vertraute sie sich selbst?

Sie holte tief Luft und kämpfte innerlich.

Als sie noch einmal einatmete, seufzte sie, denn es schien, als hätte ihr Körper bereits beschlossen, sich wieder an ihn zu schmiegen. Und verdammt, es fühlte sich gut an. Ryan legte sein Kinn auf ihre Schulter, drückte seine Wange an ihr Ohr, und so standen sie beide da und atmeten gemeinsam. Beim Einatmen hob sich seine Brust und ihr Rücken folgte ihm. Beim Ausatmen wärmte ein kleiner Luftzug ihre Wange. Einatmen: Ihre Rippen drückten gegen seine Arme. Ausatmen: Sein Körper schmiegte sich um ihren.

Die Wellen, die über den nicht allzu weit entfernten Kieselstrand rollten, taten dasselbe. Die Bucht war ruhig und die *Serendipity* schien in den Schlaf zu sinken.

Vielleicht musste sie heute Nacht nicht die Antwort auf alle Fragen finden. Vielleicht brauchte sie nur zu atmen und ihren

Kopf freizubekommen.

Es war ein toller Plan... Theoretisch. Aber die Leere kam nicht, nicht mit Ryan, der ihr so nah war, und so gut roch.

115

Kapitel 16

Mia atmete Ryan auf eine Weise ein, wie sie in perfekten tropischen Nächten das Sternenlicht einatmete: mit einem langen, langsamen Atemzug, der alle ihre Sinne entfachte, nicht nur den Geruchssinn. Wie das Gefühl seiner Körperwärme, die in sie hineinsickerte. Die Berührung seiner Daumen, die sanft über ihre strichen. Das Gefühl, dass sich die Grenzen zwischen ihren Körpern verwischten, bis zwei eher so wie eins waren.

Die Stoppeln an seiner Wange rieben über ihr Schlüsselbein und entfachten einen Funken, der von einem Nerv zum anderen sprang, bis ihr ganzer Körper von einem plötzlichen, sehnsüchtigen Verlangen erfüllt war. Ein Verlangen, das den Schmerz und die Wut der Vergangenheit in eine entfernte Ecke schob und die Gegenwart in den Mittelpunkt rückte.

Und einfach so war nichts anderes mehr wichtig als seine Berührung.

„Sag mir, dass ich aufhören soll", flüsterte er, als er sich an sie schmiegte.

„Ich will aber nicht, dass du aufhörst", hauchte sie.

Niemals, fügte eine innere Stimme hinzu. *Höre niemals auf und verlasse mich nicht, selbst wenn ich dumm genug bin, zu versuchen, dich zum Gehen zu bewegen.*

Seine Umarmung wurde wie als Antwort fester. *Ich werde dich niemals gehen lassen.*

Sie neigte den Kopf, um ihm noch mehr seiner sanften Liebkosung zu entlocken. Es lenkte ihren Körper von der Erschöpfung ab und hin zu etwas, das Glückseligkeit ähnelte.

Er schloss seine Lippen um ihr Ohr und zupfte so sanft daran, dass sich ihr Stirnrunzeln zu einem Grinsen wandelte. Sie lehnte den Kopf zurück, um ihn näher an ihren Hals zu locken, und seufzte, als er mit trockenen Lippen Küsschen über ihre weiche Haut flattern ließ.

„Hmm", murmelte er. „Du schmeckst gut."

Sie wollte gerade sagen, *Ich schmecke salzig*, als er weitersprach.

„Du schmeckst immer gut."

Der Bass in seiner Stimme ließ es bis in ihre Zehenspitzen kribbeln und die wenigen Moleküle in ihrem Körper, die noch nicht in Flammen standen, entzündeten sich und knisterten fröhlich mit dem Rest.

Ja, sie könnte für diesen Mann verbrennen. Sie könnte sich in diesem Moment verlieren und sich nicht einmal schuldig fühlen, zumindest nicht heute Abend.

Sie wackelte mit dem Hinterteil vor ihm. „Hast du doch noch irgendwo Energie?"

Er antwortete mit einem Brummen. „Du gibst mir Energie."

Sie nickte. Wenn sie die Hitze, die jetzt von ihren Körpern ausstrahlte, irgendwie nutzen könnten, würde die *Serendipity* keine Solarpaneele brauchen.

Ihr Rücken presste an den richtigen Stellen gegen ihn und jedes Atom in ihrem Körper hüpfte auf und ab wie das Wasser im Kessel, das gerade zu kochen anfing.

„Vielleicht muss der Kaffee kurz warten", flüsterte sie und schaltete die Flamme aus.

Ryan murmelte zustimmend und ließ seine Hände ein paar Zentimeter tiefer gleiten, und dann wieder nach oben. Wie eine Katze krümmte sie sich gegen ihn. Er zögerte, um sich zu entscheiden, wohin er gehen sollte. Auch ihr Körper befand sich im Krieg mit sich selbst und stellte unmögliche Forderungen, wie die, dass er seine Hände um ihre Brüste schließen und gleichzeitig weiter nach Süden wandern sollte.

Aber für Ryan war nichts unmöglich. Seine linke Hand glitt nach oben und unter ihren BH, während er die rechte hinunterschob. Sie stöhnte als Antwort. Ein winziges, animalisches Stöhnen, das ihn wissen ließ, dass er es genau richtig machte.

„Mia", murmelte er und umschloss das weiche Fleisch ihrer Brust.

Eine Reihe von atemlosen Küssen kitzelte ihren Hals und sie hob ihre Arme zu seinen Schultern, um sie aus dem Weg zu schaffen. Sie stützte ihr linkes Bein auf die Stufe der Leiter, um sich für ihn zu öffnen. Er strich mit dem linken Daumen genau in dem Moment über ihre Brustwarze, als die Finger seiner rechten Hand unter den Bund ihrer Shorts gelitten und ihre Schamlippen neckten.

„Ryan", stöhnte sie.

Der Kaffee musste definitiv warten. Vielleicht sogar für immer, wenn er es schaffte, weiter so himmlischen Druck auf ihr Geschlecht auszuüben.

Während er nach unten drückte und seine Hand kreisen ließ, bewegte sich auch der Stoff ihrer Shorts und trieb sie immer weiter und höher. Die harte Beule seines Schwanzes an ihrem Rücken veranlasste sie, sich an seinem Körper auf und ab zu reiben. Er zog ihr T-Shirt hoch, um ihre Brustwarzen zu necken und zu zwicken. Und wenn er so weitermachte, würde sie in kürzester Zeit wie ein Kessel laut schreiend zum Höhepunkt kommen.

Und verdammt, wie sehr sie es wollte. Sie wollte lange und heiß und hart kommen, aber sie wollte den Höhepunkt mit ihm zusammen erreichen. Und Ryan, verdammt sollte er sein, liebte es, die Dinge in die Länge zu ziehen. Dazu war sie heute Abend einfach nicht in der Lage. Er hatte sie so gut und schnell heißgemacht, es war an der Zeit, das Gleiche mit ihm zu tun.

Sie drehte sich in seinen Armen und stürzte sich in einen nassen, beseelten, leidenschaftlichen Kuss, der ihn die Augen weit aufreißen ließ. Als sein Schwanz gegen ihren Bauch stieß, griff sie danach. Zugegeben mit viel weniger Finesse, als seine eigenen sanften, kalkuliertem Berührungen ihres Körpers gezeigt hatten, aber Ryan schien es nicht zu stören. Er protestierte erst, als sie ihn losließ.

„Warte", murmelte sie und fing wieder an.

Dieses Mal schob sie ihre Hand in seine Shorts und schloss ihre Finger einen nach dem anderen in einem weiten, lockeren Griff. Sie hatte keine andere Wahl als weit und locker, denn er war so groß und dick. Er legte seine Hand über ihre und half ihr, genau in dem Tempo auf- und abzugleiten, das er am liebsten mochte.

Bald. Sehr bald wollte sie ihn tief in sich spüren. Nein, sie brauchte es. An diesem Tag war es nur ums Überleben gegangen und ihr Instinkt schrie danach, die Zügel von ihrem Verstand zu übernehmen.

Mit ihrer freien Hand zog sie seine Hose tiefer. Dann strich sie mit den Fingern über die winzigen Furchen in den Schultermuskeln, die in starken Schichten aufgetürmt waren und sich unter ihrer Berührung anspannten und erhitzten.

„Das müssen wir loswerden", stöhnte sie und zog sein T-Shirt hoch.

„Und das hier." Er zog ihr das Oberteil aus, sobald seine Arme frei waren.

Sie schmiegte sich an ihn, so schnell sie konnte, und war in einem wirbelnden, schwindelerregenden Tornado gefangen, dem sie nicht entkommen wollte. Sie zog sein Gesicht mit beiden Händen zu sich, presste sich zu einem weiteren hungrigen Kuss an ihn und verzehrte ihn völlig. Seine Haut war, genau wie die ihre, von ihrem ungeplanten Bad salzig, und sich an ihm zu reiben, entzündete sie wie ein entflammtes Streichholz. Sie rutschte hinunter und glitt wieder hoch, wovon ihre Brustwarzen hart wurden. Sie konnte den Schwefel förmlich riechen und sah bei jeder langen, harten Reibung winzige Rauchfäden aufsteigen. Wäre da nicht die stetige Meeresbrise gewesen, die durch die offene Kajütentür hereinwehte, wäre sie vielleicht in Flammen aufgegangen.

Etwas flatterte wie eine Fahne der Kapitulation. Ihr BH, der zur Seite geworfen wurde.

Sie schaute auf und in Ryans Augen, die sich in ihre brannten wie nie zuvor.

Meine, sagten sie. *Meine*.

Meiner, sang ihr Körper zurück, als sie die Rundung seines Hintern erkundete. *Meiner*.

Sie hatte tausend leise Warnungen gehört, bevor sie in die Karibik aufbrach. Sie sollte auf den Wind, die Wellen und die Gezeiten achten. Sich vor Riffen, Räubern und plötzlichen Stürmen in Acht nehmen, und sie hatte sie alle abgewiesen.

Aber hier waren sie, all diese Gefahren, verpackt in einem einzigen Mann. Ryan war das Riff, das ihren Schiffsrumpf einfing und festhielt. Ryan war der Dieb und riss sie mit sich fort. Um sie herum gab es Wind, Wellen und Gezeiten – unaufhaltsame Naturgewalten, die sie an verborgene Ufer trieben.

Aber das war nur die Hälfte der Sache. Die andere Hälfte war der Nervenkitzel, sich der Natur hinzugeben. Denn die Natur wusste Dinge, die kein Verstand je begreifen konnte. Die Natur wusste alles über einen Mann und eine Frau und über den Trost, den man fand, wenn sich beide zu einer Einheit verbanden. Die Natur wusste, dass ein Geist, der zu müde zum Denken war, nur von einer Sache beruhigt werden konnte.

Die *Serendipity* tanzte auf dem plätschernden Wasser der Bucht, was sich mit einer weiteren Bewegung verband: Ryan drehte sie so, dass sie mit dem Rücken zum Kartentisch stand. Er schloss sie in seine Arme und lehnte sich in ihren Raum, während seine Lippen über ihre spielten.

„Näher", beharrte sie und lehnte sich gegen das massive Holz. Sie schlang ein Bein um seine Taille. Und obwohl sie immer noch ihre Shorts anhatte, hinderte es sie nicht daran, sich an ihm zu reiben. „Näher, bitte."

Ihre Shorts und ihr Höschen waren das Einzige, was sie noch voneinander trennte, aber ein Beobachter hätte es vielleicht übersehen können, so wie er seine Hüfte gegen ihre stieß.

„Gott, Mia. Du bringst mich noch um", murmelte er. Seine Augenlider sanken und sein Kiefer war verkrampft.

„Dich umbringen?"

„Auf die bestmögliche Art und Weise." Er schmiegte sich mit seinem kratzigen Kinn an sie.

Er zog sie so weit hoch, dass ihr linker Fuß den Boden verließ, und sie schlang das Bein um ihn, was ihn erneut ihren Namen stöhnen ließ. „Mia."

Niemand sagte ihren Namen so wie er. Sehnsüchtig, bedürftig und gierig, alles zur gleichen Zeit.

Er küsste ihren Hals und kratzte mit den Zähnen über die nackte Haut. Sie warf den Kopf zurück, um mehr zu bekommen.

„Lehne dich zurück", flüsterte er.

„Zurück?“

Er schob seine Hände zu ihrem Rücken und ließ sie hinunter auf den Tisch sinken. „Vertraue mir“, flüsterte er.

Ihm vertrauen? Vor einer Stunde hätte sie noch gespottet. Jetzt schloss sie die Augen und ließ sich von ihm rückwärts führen. Weiter und weiter nach hinten, bis sie dachte, der Tisch wäre gar nicht da. Aber dann spürte sie ihn hart und fest unter ihren Schultern.

„Habe ich dir jemals gesagt, wie wunderschön du bist?“, murmelte er und neigte den Kopf zu ihrer Brust.

Sie schaffte keine andere Antwort als ein heiseres Stöhnen. Er verschlang sie regelrecht, zupfte mit seinen Lippen an ihrer Brustwarze und strich mit seinem Kinn in köstlich rauen Zügen über ihre Haut.

Habe ich dir jemals gesagt, wie wunderschön du mich fühlen lässt? wollte sie sagen, aber die einzigen Laute, die sie hervorbrachte, waren eine Reihe von Stöhnen und Seufzern. Oben ohne auf dem Kartentisch zu liegen, sollte sich nicht so gut anfühlen. Schade, dass sie sich nicht vorher auch ihrer Shorts entledigt hatte.

Als Ryan mit der Hüfte erneut gegen sie stieß, rutschte ihr Körper über die Karte unter ihr. Wie bei einer Reise legte sie Hunderte von Meilen offenen Meeres in einem schnellen Gleiten zurück.

Ryan zog ihre Hüfte näher an sich und stieß dann wieder zu und schon glitt sie von der Kurve Mittelamerikas hinüber zu den Antillen. Kolumbien befand sich unter ihrem Rücken und Jamaika unter ihrer rechten Schulter. Wenn sie sich hier von ihm vögeln ließ – hart und heiß und brennend, wie es ihr Körper verlangte – hätte sie am Ende vielleicht ein karibisches Tattoo auf ihrer Haut, komplett mit Inseln, Leuchttürmen und Riffen.

Sie kicherte bei der Vorstellung und schob ihre Finger in sein Haar.

Er riss den Kopf nach oben. „Was?“

„Das hier.“ Sie grinste.

Sein Blick huschte über ihre Brust und an ihrem Bauch hinunter. „Was?“

„Wie du mich auf dem Kartentisch meines Großvaters
vögelst.“

Er zog die Augenbraue hoch und verzog sie dann zu einem verruchten Blick. „Ich würde dich auf dem Kartentisch
deines Großvaters vögeln, bis auf zwei Dinge.“ Er zog sich ein
wenig zurück und strich mit beiden Händen an ihrem Bauch
hinauf und hinunter, wobei er seine Finger um ihren Brustkorb
schlang.

„Bis auf welche Dinge?“

Er küsste ihren Bauchnabel und sie streckte die Hüfte hoch.

„Erstens hast du deine Shorts noch an.“

„Das lässt sich leicht beheben, Officer.“

Er grinste und ihr Herz schlug höher. Gott, ein Lächeln
sah gut an ihm aus und verjagte die ernste Seite für einen
Augenblick.

„Das, und der Tisch ist ein bisschen zu hoch.“

„Vielleicht bist du ein bisschen zu niedrig.“

Er brachte sie mit einem weiteren Stoß zum Schweigen, der
sie bis aufs Mark erschütterte.

„Ich sage ja nicht, dass es nicht funktionieren wird“, murmelte er und stieß erneut zu. „Was ich damit sagen will, ist...“
Er unterstrich jedes Wort mit einem Zucken seiner Hüfte, was
sie ihrem Orgasmus so nahe brachte, dass sie am liebsten schrei-
en wollte. „Es wäre...“ Er beugte sich über sie und sprach
direkt in ihr Ohr: „Nicht so, wie du es magst.“

„Wäre es das nicht?“, quietschte sie. Denn das, was er in
diesem Moment gerade tat, gefiel ihr definitiv gut.

„Nicht hart genug“, grunzte er und drückte sie zurück in
den Atlantik. Er griff mit den Händen nach ihren Knien und
zog sie höher um seine Taille. „Nicht tief genug.“ Sein Schwanz
drückte gegen ihren Eingang, aber er hatte recht. Der Winkel
war etwas ungünstig und die Ausrichtung stimmte nicht ganz.
„Nicht so, wie du es jetzt brauchst.“

„Und du weißt genau, was ich brauche?“, brachte sie hervor
und versuchte, einigermaßen die Kontrolle zu behalten.

Er knurrte seine Antwort. „Ich weiß es, weil ich dasselbe
brauche.“

Sie versuchte, eine Augenbraue hochzuziehen, aber es war schwierig, wie ein *Luder* zu wirken, wenn man auf dem Rücken lag.

Er richtete sich auf, zog sie mit sich hoch und nickte mit dem Kopf in die Richtung der vorderen Kabine.

„Folge mir", flüsterte er und die Worte jagten ihr einen Schauer über den Rücken. „Folge mir."

Kapitel 17

Wie sich herausstellte, folgte Ryan Mia, aber es war ihm nur zu Recht. Denn ihr Anblick, als sie ihn durch den schmalen Gang des Bootes zur vorderen Kabine winkte, erregte nicht nur seinen Schwanz. Es erregte seine Seele.

Sie wollte ihn. Sie brauchte ihn auf eine Art und Weise, die über den Aufstieg aus verrückten Tiefen, über eine todesmutige Flucht oder über das, was sie heute Abend in dieser Koje tun würden, hinausging. Sie vergab ihm, auch wenn er sich noch oft entschuldigen müsste. Und dafür hatte er einen Plan, aber das würde später kommen, wenn die Zeit reif dafür war.

Für diesen Teil hatte er keinen Plan gehabt. Er hatte es gehofft, aber nicht geplant, denn er handelte auf gut Glück. Und wie durch ein Wunder vermasselte er es zur Abwechslung einmal nicht. Vielleicht spielte der Mond Cyrano, denn er hatte tatsächlich ein paar Dinge gesagt, die richtig herausgekommen waren.

„Hier entlang, Officer", gurrte Mia und winkte ihn zu sich.

Er grinste. Vielleicht hätte er ihr früher von seinem Job erzählen sollen. Das machte irgendwie Spaß.

„Ja, Ma'am", grummelte er und es war ganz und gar kein kalkulierter Effekt. Das war Mia, die ihn völlig aus dem Konzept brachte. Mal wieder.

Sie war etwas Besonderes, seine Meerjungfrau-Seglerin-Tauchkönigin. So schlank und durchtrainiert, dass man sich leicht vorstellen konnte, wie ihr Körper in einen Schwanz überging. Ihre nackten Brüste standen stramm und die Brustwarzen ragten in einem Winkel empor, der um seine Lippen bettelte. Er war bereits hin und weg, so wie es von Anfang an gewesen war.

Sie blieb in der offenen Tür der Kabine stehen, ließ ihre Hände an den Seiten hinuntergleiten und zog sich endlich die Shorts aus. Eine hübsche kurze Hose, besonders an Mia, aber er hatte an diesem Tag schon genug davon gesehen. Tatsächlich hatte er genug von allen Lagen, die sie bedeckten. Er folgte der Bewegung mit den Augen, als sie die kurze Hose Zentimeter für Zentimeter hinunterzog. Jeder Hebel in ihm wurde auf Vollgas umgelegt.

Er trat vor, um den Abstand zwischen ihnen zu verringern, und Mia wich in die Kabine zurück, wodurch die Lücke wieder größer wurde. Ein Schritt vorwärts für ihn, ein Schritt rückwärts für sie. Er musste sich bücken, weil die Decke im Bugbereich niedriger war. Sie wich direkt bis zur Kapitänskoje zurück, die die ganze Kabine einnahm, und rutschte mit dem Hintern voran auf die Matratze. Sie zog die Beine hinterher und hatte dabei die Knie gespreizt. Sein Schwanz zuckte, als er diesen Anblick genoss.

Er schüttelte den Kopf. „Du bringst mich um.“

„Auf die bestmögliche Art und Weise, oder?“

Selbst in der Dunkelheit der Kabine konnte er ihre Augen funkeln sehen. Das Mondlicht schien durch eine Dachluke herein und beleuchtete verschiedene Teile von ihr, während sie weiter rückwärts rutschte. Als ihr Gesicht im dunkleren Teil der Kabine verschwand, tanzte das Mondlicht über ihre Brustwarzen. Als sie sich zurücklehnte, schien es in einer kühnen Demonstration schierer weiblicher Kraft auf das Waschbrettmuster ihrer trainierten Mitte. Auch innen war sie muskulös und der Gedanke an ihre enge Scheide, die sich um seinen Schwanz zusammenzog…

Bis jetzt hatte er sich zurückgehalten, um die Vorfreude in die Länge zu ziehen. Aber irgendetwas in ihm zerbarst und plötzlich drängte er sich in die Höhle der Koje und kletterte in einer schnellen Bewegung über ihren Körper. Er presste seinen Mund auf ihren und verschlang sie. Sein Oberkörper drückte gegen die Kissen ihrer weichen Brust, er rutschte mit den Beinen zwischen ihre und sein Schwanz bahnte sich seinen Weg nach Hause.

„Kein Kondom“, murmelte er und hoffte inständig, dass

es keine Rolle spielte. Sie nahm die Pille und sie waren beide gesund, also hatten sie sich in New York angewöhnt, ohne Kondome miteinander zu schlafen.

„Kein Problem", hauchte sie und schlang ihre Arme und Beine um ihn. Sie ließ ihre Finger wandern und löste dabei Funken in all seinen Nervenenden aus.

Ein kleiner Stoß und er wäre im Himmel, denn sie war offen, nass und bereit für ihn. Das verriet ihm sein wandernder Finger, aber er hielt sich mit dem letzten Fünkchen an Selbstbeherrschung zurück.

„Ryan", stöhnte sie und stieß ihre Hüfte nach oben. „Spiel nicht mit mir."

„Ich spiele nicht. Ich will in dir sein. Ich muss in dir sein, aber das hier brauche ich auch."

Das hier war ihr Anblick, wie sie sich bereitwillig unter ihm ausstreckte. Bereit, um den Verstand gebracht zu werden. *Das hier* waren ihre Augen, ihre Stimme und ihr Körper, die sich nach ihm sehnten. *Das hier* war die Gewissheit, dass es nicht nur um diese eine Nacht ging.

Tausend Worte stauten sich in seiner Kehle, aber keines von ihnen brachte den Mut auf, sich als erstes herauszuwagen.

„Mia. . . "

Sie umfasste sein Gesicht mit beiden Händen und zog ihn langsam nach unten, bis sie Nase an Nase waren.

„Ich verstehe es, Ryan", flüsterte sie. „Ich verstehe es."

Er stockte in seinem nächsten Atemzug, weil sein Herz und seine Lunge so sehr mit ihrem Stepptanz beschäftigt waren, dass alles andere für eine Sekunde auf der Strecke blieb. Vielleicht brauchten sie beide keine Fauststöße oder Delfinquietschen. Vielleicht mussten sie einfach nur die Klappe halten und diese natürliche Harmonie für sich sprechen lassen, die wie aus dem Nichts entstand, so wie immer, wenn sie sich nahe waren.

Und gut, dass Mia ihn dann küsste, denn es half, das erstickte Gefühl in seinem Hals zu lösen. Als sie ihn losließ, schob sie ihre Hände nach oben. Ein Zeichen für ihn, sie festzuhalten. Dann krümmte sie ihren Rücken und streckte ihm ihren Körper entgegen.

Er schüttelte sich innerlich. Richtig. Sex. Er sollte sie vögeln und nicht über die verrückten Ideen nachgrübeln, die sie ihm in den Kopf setzte. Wie zum Beispiel ganz viele Sonntagvormittage zusammen zu verbringen und jede Menge Wochenendspaziergänge. Ein ganzes Leben lang.

„Ryan", hauchte sie.

Er erlaubte sich, sie noch eine Sekunde lang zu bewundern. Und dann, mit einem sanften Gleiten, steckte er drin. In ihr; im Himmel. Ein und dasselbe.

„Ja!" Ihre Stimme schwankte, als er in sie eindrang.

Er glitt tief hinein und blieb eine lange, regungslose Minute dort, um sie einzuatmen. Dann zog er sich ganz bis zu ihrem Eingang zurück, wo die Kuppe seines Schwanzes brannte und bettelte, bevor er nachgab und wieder hineintauchte.

„Ryan... " Sie schloss ihre Finger um seine.

Er fand einen Rhythmus, glitt hinein und heraus, schneller und schneller, bis sogar Mia mit kleinen keuchenden, grunzenden Lauten atmete, die eher an einen Höhlenmenschen als an eine Eliteschwimmerin erinnerten. Sie hob ihre Füße höher, bis sie sie gegen die niedrige Decke stemmte, so dass sie seinen Stößen mit ihren eigenen kleinen Bewegungen entgegenkommen konnte.

„Das ist so gut", hauchte sie und warf ihren Kopf hin und her.

Er war sich ziemlich sicher, dass diese Zeile in den einsamen Wochen, die sie getrennt voneinander verbracht hatten, des Öfteren in seinen Träumen aufgetaucht war. Er hatte es sich zum Ziel gemacht, Mia völlig den Verstand verlieren zu sehen, und nur seinetwegen. Und wenn das bedeutete, dass auch er den Verstand verlieren musste, nun, das war in Ordnung, denn dies war eine dieser Win-Win-Situationen, bei der alle Beteiligten auf ihre Kosten kamen.

Als sie ihre inneren Muskeln um ihn zusammenzog, hätte er fast gebrüllt. Beinahe hätte er in diesem Moment alles losgelassen, aber er schaffte es, seine Energie in ein paar heftige Stöße zu verwandeln, die aufeinanderfolgten, bis er sie beide an die verschwommene Grenze zwischen Lust und Schmerz getrieben hatte.

Mia warf ihren Kopf zur Seite und schrie seinen Namen, den Namen Gottes und eine ganze Reihe anderer befriedigender Laute. Er ritt auf einer außer Kontrolle geratenen Welle dahin, die sich aufbaute und aufbaute, bis es kein Halten mehr gab. Schließlich zogen sich Mias innere Muskeln um ihn zusammen.

Sie schrie auf, umklammerte seine Schultern und von innen seinen Schwanz.

Und er steigerte, steigerte und steigerte sich, bis er über den Abgrund stürzte und selbst ein paar Höhlenmenschgeräusche ausstieß. Er schüttelte sich, ergoss sich in ihr, seufzte und sank dann völlig erschöpft über ihr zusammen.

Er schnaufte eine Ewigkeit lang an ihrem Hals und murmelte dann etwas Unverständliches in ihr Ohr oder an ihre Brust oder den Teil, an den er seinen Kopf lehnte. Es schien keine Rolle zu spielen, wie er an ihrer Seite in einer leuchtenden Neon-Seifenblase der Glückseligkeit dahinschwebte. Seine Glieder waren auf eine befriedigend erschöpfte Art warm und bleiern. Seine Arme fühlten sich schwer an, die Gedanken konfus. Die Zeit verlangsamte sich, wie auch sein Atem, bis selbst dies keine Rolle mehr spielte. Es gab nur noch sie, warm und weich und kuschelig, und ihn.

Ein leichter Windhauch trieb das Boot in einem trägen Kreis und es drehte sich anmutig an seinem Tau. Es nickte. Es summte fast. Flüsterte ihn in den Schlaf.

Kapitel 18

Das Schlafen auf einem Boot hatte eine gewisse Magie. Es war ein Gefühl, sich von der Hektik und dem Durcheinander der Menschheit loszulösen. Eine Art Trost im Schoß der Erde zu finden. Das Wasser, der Wind, die frische Luft, all das gab einem das Gefühl, lebendig zu sein.

Und noch nie so lebendig wie an diesem Morgen, trotz des Muskelkaters, beschloss Mia.

Sie war in die beste Art von Schlaf gesunken: tief und traumlos. Sie hätte ewig schlafen können, wäre da nicht das sanfte Blitzen des Morgenlichts auf ihrer Wange gewesen. Die Sonne ging jeden Tag auf und unter, aber auf einem Boot fühlte es sich jedes Mal wie ein Wunder an – erst recht an einem Morgen, nachdem sie am Vortag zweimal fast getötet worden war.

Sie öffnete ein Auge, ließ es dann wieder zufallen und zog ganz langsam Bilanz.

Ryans Atem strömte in kleinen warmen Zügen über ihre Schulter, tief und gleichmäßig in der Ruhe des Schlafes. Er hatte seinen Arm um ihre Seite geschlungen und seine Hand lag locker an ihrem Bauch. Er ließ ihr Raum, hielt sie aber gerade fest genug, um sie in seiner Nähe zu behalten.

Sie verschränkte ihre Finger mit seinen – langsam und vorsichtig, um ihn nicht aufzuwecken – und drückte sie gerade genug, um auch dem letzten Rest ihrer flatternden Nerven zu versichern, dass alles in Ordnung war. Es ging ihm gut. Es hatte diesen schrecklichen Moment gegeben, nachdem sie im Schlauchboot gerammt worden waren, als sie nicht wusste, ob er atmete. Also lauschte sie, zählte seine Atemzüge und dankte dem Himmel für jeden einzelnen.

Zu viele Beinahe-Unglücke. Zu viel war schiefgelaufen. Es war, als hätte ein böser Wind eingesetzt, der sie wegfegen wollte.

Tatsächlich hätte sie zittern müssen, aber die Ruhe des Morgens und die Ruhe des Mannes, der neben ihr lag, ließen alles in Ordnung erscheinen. Ein Gähnen und ein unbezwingbares Strecken überfielen ihren Körper und durchdrangen sie von Kopf bis Fuß. Dann seufzte sie, lehnte sich an Ryan und streichelte seine Hand.

Die *Serendipity* schwankte kaum. Sie schloss die Augen und lauschte auf das Boot. Sie hatte ihrem Großvater so viel zu verdanken: den Spaß, die Abenteuer, die bedingungslose Liebe. Das Gefühl, einen Kompass zu haben, wenn sie ihn am meisten brauchte. Das Boot war allerdings das Geringste, was ihr Großvater ihr geschenkt hatte. Er hatte ihr Zeit gegeben, um nach ein paar verrückten Monaten eine Bestandsaufnahme zu machen. Zeit, ihre Schwester wieder ganz neu kennenzulernen.

Und jetzt das hier. Ein friedlicher Morgen mit Ryan, wovon sie gedacht hätte, dass sie es nie wieder erleben würde.

Zuerst dachte sie, es sei das sanfte Schaukeln des Bootes, aber es schien, als würde Ryan ebenfalls ihre Hand streicheln. Nur mit einem Daumen, der langsam wie über eine Gitarrensaite über sie glitt.

„Hmm", seufzte sie leise. „Schön."

In einer versteckten Bucht vor einer tropischen Insel vor Anker zu liegen, hätte sie nicht an einen ruhigen Sonntagmorgen in New York erinnern sollen. Aber in vielerlei Hinsicht fühlte sich die vordere Koje genauso an wie diese perfekten Wochenenden in New York. Dasselbe schläfrige Gefühl der Zufriedenheit. Dasselbe Kribbeln der Vorfreude in ihren Knochen.

Vielleicht lag es gar nicht am Ort. Vielleicht lag es am Typ. Sie könnte auf einer arktischen Eisscholle mit ihm kuscheln und es würde sich immer noch genauso gut anfühlen.

Sie rutschte nach hinten, um die letzte Distanz zwischen ihren Körpern zu überwinden. Er umschloss ihre Finger mit seinen und wanderte dann weiter zur straffen Haut ihres Bauches. Dort würde sich bestimmt bald der Hunger melden, denn es war schon Stunden her, seit sie das letzte Mal etwas gegessen hatte. Aber noch nicht. Zumindest nicht diese Art von Hunger. Denn je mehr Ryan sie streichelte, desto größer wurde die winzige, leckende Flamme unter jeder Berührung. Sie breitete sich in ihrem ganzen Körper aus, so dass sich selbst die Stellen, die er nicht berührte, gut anfühlten.

Ryan rutschte noch näher und strich mit seinem rauen Daumen über die Haut, die sich anfühlte, als hätte sie eine lange Dürre überlebt, um endlich wieder Regen zu spüren.

„Hmmm", murmelte sie, um sicherzugehen, dass er wusste, wie gut es war.

Sie führte seine Hand höher, bis er die untere Kante ihrer Brust streichelte. Ihr linkes Bein war inzwischen auf Erkundungstour gegangen. Etwas, das sie kaum registrierte, bis sie es eng um seines geschlungen hatte, von wo es allerlei schöne Dinge berichtete, die es dort zu entdecken gab.

„Mia", flüsterte er und es war wie ein Gedicht, alles in einem Wort.

Sie rutschte tiefer und manövrierte den Rest ihrer Brust in seine Hand, was alle möglichen unglaublichen Dinge in ihr auslöste, während er sie einfach nur hin und her rieb.

Seine Finger zeigten auch keine Anzeichen, damit aufhören zu wollen. Es war nur seine Stimme, die die Dinge verlangsamte. „Bist du sicher, dass du es willst?"

Es war wie bei ihrem ersten Mal, als sie miteinander geschlafen hatten. Als sie diejenige gewesen war, die ihm praktisch die Kleider vom Leibe riss, und er derjenige, der sich ein wenig zurückhielt.

„Ich bin mir sicher." Gott, war sie sich sicher. Das war so ziemlich das Einzige, dessen sie sich im Moment sicher war.

„Was ist, wenn du mich später hasst?"

Sie drehte sich in seinen Armen und hielt sein Gesicht mit beiden Händen fest. Nicht, um ihn zu necken oder irgendetwas anzudeuten. Sondern schlicht und ergreifend mit ihrem Herz und ihrer Seele auf einem Silbertablett, die er annehmen oder ablehnen könnte. „Ich habe dich nicht gehasst. Das werde ich auch nie tun. Und ich verspreche... "

Er presste seinen Finger auf ihre Lippen, als wäre er noch nicht ganz bereit für das, was sie in diesem Moment sagen könnte.

Also verdrängte sie den Gedanken und sparte ihn für einen Zeitpunkt auf, wenn sie nicht gerade in der Hitze des Gefechts steckten. Für einen Zeitpunkt, an dem er wusste, dass sie jedes Wort ernst meinte. *Ryan, ich will dich. Ich will uns.*

Wie dem auch sei, er hatte recht. Sie brauchte nicht zu reden, um Vertrauen und Vergebung zu zeigen. Sie öffnete ihren Mund und saugte seinen Finger zwischen ihre Lippen. Sie leckte daran auf und ab und um ihn herum, während sie ihr rechtes Bein um seines schlang.

Seine smaragdgrünen Augen leuchteten und sagten, *Mia, sei dir sicher.*

Sie zeigte es ihm, indem sie in einen tiefen, leidenschaftlichen Kuss mit ihm sank. Sie ließ ihre Zunge hineingleiten und entdeckte seinen weichen, warmen Mund. Das war Ryan: von außen hart und kompromisslos, und innen nachgiebig und süß. Der Trick war, den äußeren Schutzwall zu überwinden, aber wenn man erst einmal dahinter war... Sie seufzte.

Als sie sich zurückzog, um Luft zu holen, glühten seine Augen und sein Kiefer war entschlossen. Er strich mit der Hand über ihren Bauch und drückte sie auf die Matratze, während er seinen Blick über ihre Brust schweifen ließ.

„Komm her." Er erhob sich, um sich über sie zu knien, wobei er in einer gebeugten Haltung blieb, weil die Decke so niedrig war. Seine Augen schimmerten mit einer köstlich versauten Vision, als er Kissen und Decken an ihrer Seite zusammenschob. Er strich mit den Händen über ihre Schulter, griff dann dahinter und hob sie hoch.

Ein Schwall von Wärme schoss durch ihre Adern, als sie begriff, was er vorhatte, und sie wusste, wie gut es sich anfühlen würde.

„Ist das in Ordnung?" Er schob ihr die Kissen unter den Rücken, so dass sie sich krümmte.

„Es ist großartig", murmelte sie, ließ den Kopf nach hinten fallen und öffnete die Beine. Sie spreizte sich in jeder erdenklichen Weise für ihn, als er die Kissen unter ihrem Rücken zurechtrückte.

Es erinnerte sie vage an eine Yogapose: mit dem Körper nach hinten über ein Kissen gebeugt, die Brust zum Himmel geöffnet. Angeblich war das gut für die Atmung und um seine Mitte zu finden, oder so etwas in der Art.

Was alles schön und gut war, aber es bedurfte eines ehemaligen Navy SEALs, um ihr beizubringen, was man in dieser Position noch machen konnte. Das eine Mal, als sie so etwas in New York getan hatten – eines der seltenen Male, bei denen sie sich damit begnügt hatte, sich passiv zurückzulehnen und ihm seinen verruchten Willen zu lassen –, war es so gut gewesen, dass sie beschämt von all dem Lärm, den sie gemacht hatte, aus der Wohnung geschlichen war. Aber dieses Mal befanden sie sich als einziges Boot an einem ruhigen Ankerplatz weit weg von den ausgetretenen Pfaden.

Oh ja. Das würde gut werden.

Ryan strich mit den Händen über ihren Oberkörper, wobei er ihre Brüste jedes Mal sorgfältig ausließ.

„Du wirst mich nicht noch einmal necken", stöhnte sie.

Er rutschte auf seine Fersen zurück und schaute sie todernst an. „Nein", sagte er. „Das werde ich nicht."

Noch eine Handbewegung, dann duckte er sich hinunter und vernaschte sie wie ein verhungerter Pirat. Er zupfte an ihren Brustwarzen und knabberte an ihren Lippen. Er packte das weiche Fleisch ihrer Brüste mit gierigen Händen und bearbeitete sie so stark, dass ihre Schreie die Kabine durchströmten.

„Okay?" Er schaute auf und wartete kaum auf ihr Nicken, bevor er sich sofort wieder an die Arbeit machte.

Sie dachte, sie könnte nicht höher fliegen, aber dann bahnten sich seine Hände ihren Weg an ihrem Bauch hinunter und er folgte mit dem Kopf.

Sie stöhnte, noch bevor seine Zunge sie berührte. Und dann stöhnte sie noch lauter, denn diese Zunge war sehr, sehr eindringlich und so überaus geschickt. Es sollte sich eigentlich nicht so gut anfühlen, so verschlungen zu werden, aber mit Ryan war es absolut richtig, sich völlig hinzugeben.

Vertrauen. Die Art von Wunder, über die sie nie wirklich nachgedacht hatte, genau wie über den Sonnenaufgang. Aber jetzt, wo sie es bemerkte, schien es das Schönste auf der Welt zu sein. Oder das Zweitschönste, denn seine Zunge erforschte sie tiefer und verdrängte jeden zusammenhängenden Gedanken aus ihrem Kopf.

Ihr Orgasmus kam aus dem Nichts und überwältigte sie in einem Ansturm aus zuckenden Muskeln und lustvollen Schreien, der sie kilometerweit mit sich riss, bevor sie erschöpft und keuchend zur Seite fiel und mit der Frage zurückblieb, wo zum Teufel sie war.

Sie öffnete die Augen, als Ryan sie festhielt, und wusste in dem Moment sofort, wo sie war.

Zu Hause.

Seine Mundwinkel zuckten auf einer Seite, aber nicht auf der anderen, als wäre er sich nicht sicher, ob lächeln erlaubt war. Bei den seltenen Gelegenheiten, zu denen er wirklich ein vollkommen unverstelltes Lächeln zeigte, fühlte es sich an wie die Sonne, die nach einer Sonnenfinsternis ins Universum zurückstrahlte. Wieder eines dieser Wunder, die sie von nun an zu schätzen wissen würde.

„Komm zu mir", flüsterte sie und zog an seinen Schultern, bis er es tat.

Sie würde Geld darauf wetten, dass kein Paar in der Geschichte der Menschheit so knapp auseinanderliegende Orgasmen hatte und es immer noch Glückseligkeit nannte, denn sie war völlig erschöpft. Aber Ryan war erst am Anfang. Sie lehnte sich zurück und tat nichts anderes, als sein hartes Gleiten in ihr zu spüren, auf seinen schweren Atem zu lauschen und ihre Hände über seinen Rücken tanzen zu lassen, während er wieder und wieder in sie stieß.

„Mia", stöhnte er und versteifte sich am ganzen Körper.

Die Muskeln in seinem Gesicht spannten sich an, einer nach dem anderen, und die Adern traten auf seinen Armen hervor, mit denen er sich an ihrer Seite abstützte. Seine warme Hitze verschlang sie, als er tief, tief in ihr pulsierte. Es kam einer außerkörperlichen Erfahrung so nah, wie sie es sich nur wünschen konnte, und es war so unglaublich schön. So schön, dass es ihr gelang, ein winziges Fünkchen Energie aufzubringen und seinen letzten Stoß zu erwidern.

Er stöhnte; sie heulte; und dann keuchten sie beide in die Laken. Das Boot glitt an seinem Liegeplatz seitwärts und ein einzelner Sonnenstrahl zeichnete die Kontur von Ryans Rücken nach. Sie folgte ihm mit ihren Händen, als wollte sie ihn davor schützen, und zog ein lockeres Laken über sie beide, wo sie sich in einem erschöpften Häufchen aneinanderkuschelten.

Die Realität war dort draußen. Die Realität wartete auf sie.

Sie zog das Laken noch höher. Die Realität konnte warten, nur ein wenig länger.

Kapitel 19

„Ich schulde dir einen Irish Coffee", seufzte Mia.

„Der hier reicht mir." Ryan griff nach der Tasse, die sie ihm anbot, stellte sie auf den Kartentisch und zog sie in seine Arme. „Und das hier."

Er erdrückte sie ein wenig, aber das musste er, denn der Tag, den sie vor sich hatten, könnte genauso verrückt werden wie der Tag zuvor. Und er wollte nicht ohne eine Umarmung in einen solchen Tag starten.

Als sie nickte, kitzelte ihr Haar seine Wange. „Das ist schön."

Er zog sie noch fester an sich. Ja, es war schön. Großartig. So großartig, dass sie wahrscheinlich ein weiteres langes Gespräch führen müssten, wenn sie die dringenderen Probleme bewältigt hatten. Ein Gespräch, das ihm vielleicht nicht zu viel ausmachen würde, wenn sie dachte, was er dachte. Dass dies nicht nur ein verrücktes Intermezzo war, sondern ein Neuanfang. Eine zweite Chance.

Sie saßen bei einem schweigsamen Frühstück im Cockpit, das New York so ähnlich war wie der Saturn dem Mars. Die Luft war salzig, eine Möwe schrie über ihnen und die Sonne schlich sich an den von Büschen gesäumten Hügeln vorbei und glitzerte auf dem ruhigen Wasser.

„So friedlich", murmelte Mia.

Er musterte die felsigen Seiten der Bucht. Außer einem flinken Vogel über dem Gebüsch gab es keine Anzeichen von Ärger. Aber irgendwo dort draußen gab es ihn, dessen war er sich sicher.

„Meredith und ich sitzen stundenlang im Cockpit und schauen einfach nur", sagte Mia. „Wir machen keine Fotos, wir lesen nicht, wir tun gar nichts, wir schauen einfach nur.“

Er vermutete, dass er tagelang, vielleicht sogar wochenlang, das Gleiche tun könnte, vor allem, wenn Mia bei ihm wäre. Aber das hier waren ihr Abenteuer und ihr Segelboot, nicht seins. Er hatte es geschafft, sich kurzfristig eine Woche von der Arbeit freizunehmen, um sie aufzuspüren, aber selbst wenn sie wollte, dass er hierblieb, konnte er es nicht.

Was bedeutete, dass er jetzt seufzen musste. Kerle wie er nahmen sich nicht monatelang am Stück frei. Sie arbeiteten jahrein, jahraus und legten ihre Ersparnisse in winzigen kleinen Häppchen zur Seite, um sich im Ruhestand vielleicht einen Wohnwagen nicht weit vom Wasser zu mieten und so zu tun, als wäre es ein Ort wie dieser.

Aber ein Mann konnte ja träumen.

„Du und deine Schwester... “, sagte er und wechselte das Thema. „Ihr seid euch irgendwie ähnlich, aber auch so unterschiedlich.“

Mia gluckste. „Auf jeden Fall unterschiedlich.“

„Sie schien ein bisschen ... ängstlicher zu sein als du“, sagte er zögernd.

Mia schenkte ihm ein bittersüßes Lächeln. „Wenn eine Wolke am Horizont aufzieht, sieht Meredith einen Sturm. Der kleinste Schnitt ist für sie wie das erste Anzeichen der Pest.“ Ihr Gesicht verfinsterte sich. „Sie war nicht immer so, aber dann... “ Sie verstummte und blickte traurig zum Horizont. Und er musste sich fragen, was *dann* passiert war.

„Wie dem auch sei“, fuhr Mia fort und schlug einen sanfteren Ton an. „Gib ihr ein Boot zum Steuern oder einen lebensbedrohlichen Notfall mit viel Blut und sie ist ein Fels in der Brandung. Gebrochene Knochen, blutende Wunden, alles kein Problem. Sie kann auch kochen. Sie ist eine wirklich gute Köchin.“

Er lachte. „Ich würde sagen, das ist ein guter Anfang. Außerdem kann sie auch Segeln wie Captain Cook. Und du auch.“

Mia schüttelte den Kopf. „Aber alles andere und ihr Selbstvertrauen geht den Bach runter. Sie kümmert sich um alle, nur nicht um sich selbst, als ob sie nicht mehr verdient hätte, als das, was sie hat.“

Jetzt wollte er wirklich wissen, was in ihrer Vergangenheit passiert war, aber Mia seufzte, schüttelte den Kopf und starrte in die Ferne. Dorthin, wo die aquamarinblauen Untiefen in tiefere Blau- und Grautöne übergingen, die direkt mit dem Horizont verschmolzen.

Auch er starrte in die Ferne, verdrängte die Gedanken an die schmerzhafte Vergangenheit und versuchte, sich auf eine vielversprechende Zukunft zu konzentrieren. Eine Zukunft, in der er sich ein Boot wünschte, einen Horizont, auf den er es ausrichten konnte, und Mia, mit der er das alles teilen würde. Er schloss die Augen angesichts der schimmernden Hitzewellen, die sich über der Insel zusammenbrauten, und ließ seine Fantasie wandern. Ein wenig Zeit zum Segeln mit Mia wäre perfekt. Dann könnten sie beide nach New York zurückkehren. Und wenn sie so weit wären, könnten sie nach Florida ziehen, um dort diesen etwas besser bezahlten Job als Bergungstaucher anzunehmen. Mit etwas gesünderen Arbeitszeiten und viel Zeit fürs Private. Vielleicht sogar Zeit für eine Familie.

Dann zwang er sich, die Augen zu öffnen, denn ein Mann konnte sich direkt auf ein Riff träumen, wenn er nicht aufpasste.

Er versuchte, das beklemmende Gefühl wegzuscherzen. „Stell dir mal einen Kerl wie Stanley hier vor."

Mia schnaubte. „Der die Welt nur durch sein Kameraobjektiv sieht."

Ryan hielt eine imaginäre Kamera hoch – froh über die Ablenkung – und richtete sie auf sie.

„Guten Morgen, Mia", sagte er und ahmte Stanleys Stimme nach. „Wie wäre es, wenn du die Stille dieses wunderschönen Ortes zerstörst, indem du uns alles darüber erzählst?" Er ließ seinen Blick über das Boot schweifen. „Erzähle uns bitte alles, was wir mit unseren eigenen Augen leicht selbst sehen könnten."

Er richtete die imaginäre Kamera wieder auf sie und hielt dann inne. *Oh Scheiße.*

Mia war wie erstarrt und ihr Gesicht völlig regungslos. Sie schaute ihm nicht einmal in die Augen, sondern starrte nur über seine Schulter ins Nichts.

Gott, er war so ein Idiot. Er hatte ihr eine imaginäre Kamera ins Gesicht gehalten und die hässlichen Erinnerungen zurückgebracht. Er hatte alles ruiniert.

„Stanley", krächzte sie.

Stanley?

Sie winkte vage an ihm vorbei. „Die Kamera."

Stanley und seine Kamera? Ryan neigte den Kopf. „Was?"

Sie sah ihn jetzt an und ihre Augen strahlten hell mit einer Erkenntnis, einer Hoffnung.

„Stanley hat alles gefilmt! Er hat auf deiner Seite des Tauchbootes gefilmt, wo das andere Boot festgemacht war."

Er erstarrte, als sich die Zahnräder in seinem Kopf schließlich drehten. „Das Boot mit den beiden Typen… "

„Die Typen, die kurz vor der Explosion weggefahren sind", beendete sie mit grimmigem Blick. „Wenn sie auf Stanleys Filmmaterial zu sehen sind… "

„Dann hätten wir einen neuen Verdächtigen für die Polizei."

Eine Sekunde lang rührten sie sich beide nicht. Aber dann sprangen sie auf und fingen an, sich zu beeilen. Sie beendeten ihr Frühstück und er nahm die schnellste, wassersparendste Dusche, die er seit seinem Ausscheiden aus der Navy genommen hatte, bevor sie schließlich mit dem Kajak ans Ufer paddelten.

Sie erklommen den Hügel und schauten nach links. Nichts als eine verlassene Straße mit endlosen, braungrünen Kakteen und Gestrüpp, das die Hügel bedeckte.

Sie schauten nach rechts. Noch mehr vom Gleichen.

Um vor neugierigen Blicken zu entfliehen, war dieser Ort perfekt. Aber um zurück in die Stadt zu gelangen…

„Aha." Mia nickte ins Telefon, als sie Meredith zum zweiten Mal an diesem Morgen anrief und versuchte, Stanley ausfindig zu machen. „Wann? Heute Morgen? Wohin?"

So wie es sich anhörte, war Stanley nicht so leicht zu finden.

„Was?", jaulte Mia.

„Was hat Meredith gesagt?", fragte er, als sie endlich aufgelegt hatte.

„Sie sagte, dass ein paar Kreuzfahrtschiffe angekommen sind. Und bei dem Lärm von all den Touristen haben sich Stanley und Brenda dazu entschlossen, in ein ruhigeres Hotel am Nordende der Insel umzuziehen.“

„Das ist doch gut, oder? Von hier aus ist es näher.“

„Näher“, murmelte Mia. „Aber vielleicht nicht nah genug.“ Sie trabte mitten auf die verlassene Straße hinaus und schaute sich in Erwartung einer wundersamen Mitfahrgelegenheit um. „Als Meredith das Hotel in der Stadt nach Stanley gefragt hat, weißt du, was die gesagt haben?“

„Was?“

Sie hielt inne und schüttelte dann den Kopf. „Sie sagten: ‚Was für ein beliebter Kerl! Zwei Männer waren gerade hier und haben nach ihm gesucht.‘“

Sein Herz schlug heftig in seiner Brust. „Das könnten zwei beliebige Männer sein.“

Sie nickte. „Könnte sein. Aber wenn es die falschen Männer sind...“

Er schaute nach rechts, dann nach links. „Dann müssen wir Gas geben.“

Leichter gesagt, als getan, denn sie befanden sich mitten im Nirgendwo und hatten kein Verkehrsmittel. Er hatte keine Verstärkung, keine Dienstmarke, war nicht in seinem Zuständigkeitsbereich.

Mia fing an zu joggen und er folgte ihr im Gleichschritt. Denn das war die andere Sache: Er hatte auch keine andere Wahl.

Kapitel 20

„Danke!" Mia winkte, als der Pick-up-Truck davonfuhr.

„Danke!", rief auch Ryan. Es war verdammt gut, dass das verlegen dreinschauende Pärchen in seinem Mietwagen vorbeigekommen war. Sie sahen so aus, als hätten sie eine unvergessliche Nacht unter den Sternen verbracht. Sonst hätten er und Mia es nie rechtzeitig zum Hotel geschafft.

Rechtzeitig wofür, das wusste er nicht genau. Nur, dass er das ungute Gefühl hatte, dass die Uhr tickte. Sie mussten an Stanleys Aufnahmen kommen, bevor es jemand anderes tat.

Mia putzte ihr T-Shirt ab und rieb ihm über den Rücken. „Wir müssen so aussehen, als ob wir hierhergehören." Sie nickte in die Richtung des Hotels.

Es war ein gehobenes, vierstöckiges Gebäude, das auf einem einsamen Hügel thronte. Von dort aus hatte man einen so weiten Blick auf das Meer, dass er sich daran erinnerte, wie klein Bonaire eigentlich war. Dreißig Kilometer Länge und nur wenige Kilometer Breite ließen nicht viel Platz – oder Zeit –, um die Verbrecher zu überlisten.

„Auf geht's." Er nickte in die Richtung des Eingangs. „Benimm dich, als würdest du hierhergehören."

Was Mia ganz leicht gelang, denn sie war der Typ, der überall hineinpasste, von schäbigen Backpacker-Absteigen bis hin zu Luxushotels.

Er griff nach ihrer Hand. „Wir tun so, als wären wir in den Flitterwochen, okay?"

Sie riss die Augen weit auf und ihm wurde bei der Vorstellung ganz warm ums Herz. Dass er und sie an einen Ort wie diesen kamen, nicht um ihren Arsch zu retten, sondern um ihre gemeinsame Ewigkeit zu feiern.

Er schloss seine Finger um ihre und schüttelte dann den Kopf. *Konzentriere dich, Hayes. Konzentriere dich.*

„Wir sind in den Flitterwochen und dabei, unsere Zimmernummer zu verwechseln“, murmelte er.

„Wir sind, was?“

„Folge einfach meinem Beispiel.“ Er gab sein Bestes, so zu tun, als wüsste er genau, was er tat. Was ein wenig weit hergeholt war, denn bei keinem Job, den er je hatte, musste er sich in ein Hotelzimmer schleichen.

„Welches Zimmer hat Meredith gesagt?“

„413.“

Er setzte ein, wie er hoffte, verliebtes Flitterwochengrinsen auf, als sie die kühle Lobby betraten und sich der Rezeption näherten. Schlüssel 413 baumelte an einem Haken, was bedeutete, dass Stanley und Brenda beim Tauchen oder Essen waren. Oder, wie er Stanley kannte, Brenda beim Tauchen oder Essen filmen. Es passte Ryan ganz gut, denn so war es einfacher. Er und Mia konnten einfach hineingehen, das Video mitnehmen und dann zurück in die Stadt fahren, um es der Polizei zu übergeben. Nicht gerade die richtige Vorgehensweise, aber da die Uhr tickte, musste er improvisieren.

Natürlich würde das Video nur helfen, wenn Stanley es tatsächlich geschafft hätte, den Funken eines Beweises zu erbeuten, aber Ryan würde diese Hürde überwinden, wenn es so weit war. Und wenn sich alle Hürden, die sich vor ihm erstreckten, hintereinander aufreihten, nun, dann würde er einfach sein Bestes tun müssen.

Glücklicherweise gab es mehrere Pärchen, die auschecken wollten, und nur einen überforderten Angestellten, der an der Rezeption arbeitete.

„Zimmer 413, bitte“, sagte er.

Und schon hatte er Stanleys Schlüssel in der Hand.

„Ganz einfach“, flüsterte er, während sie zum Aufzug gingen und versuchten, nicht zu rennen.

„Stimmt“, murmelte Mia. Er konnte das Zittern ihrer Hand spüren. „Ganz einfach.“

Im Flur des vierten Stocks war niemand zu sehen, also war es ebenfalls einfach, ins Zimmer zu gelangen. Das Bett war ungemacht und ein Koffer voller Kleidung stand offen an die Wand gelehnt. Die Schiebetür zum Balkon war geöffnet und die Vorhänge tanzten in einer leichten Brise. Auf dem Schreibtisch lagen ein halbes Dutzend Speicherkarten neben einem Laptop. So wie es aussah, hatte Stanley sein Filmmaterial gestern Abend noch einmal abgespielt.

Mia griff nach einer der unbeschrifteten Speicherkarten und musterte sie. „Gott, welche ist es?"

Er schob eine davon in den Computer – Gott sei Dank, war Stanley einer dieser Typen, die ihren Laptop immer angeschaltet ließen – und klickte auf den Dateienordner.

Mia glitt mit einem Finger über die Symbole und studierte die Daten.

„Zu früh", sagte er. „Die Nächste."

„Mein Gott, Stanley macht eine Menge Aufnahmen." Mia zog eine Grimasse.

„Hoffen wir nur, dass er die Kamera aus dem Schlafzimmer fernhält." Denn Stanley und Brenda zusammen im Bett brauchte er wirklich nicht zu sehen.

„Die Nächste." Mia reichte ihm eine weitere.

Sie probierten die nächste und die nächste und die nächste Speicherkarte.

„Bingo." Die meisten Dateien auf dieser Speicherkarte stammten vom Vortag. Ryan klickte eine nach der anderen an und versuchte, die richtige Zeit zu finden.

Draußen im Flur ertönten Schritte. Sie rissen beide die Köpfe herum. Er hielt den Atem an. Mia wurde so regungslos wie ein Stein.

Die Schritte polterten an der Tür vorbei und liefen geradeaus den Flur hinunter.

Uff. Der Vorhang zum Balkon flatterte und schien darüber zu kichern, wie nervös sie beide waren.

Er beugte sich wieder über den Bildschirm. *Konzentration...*

„Das war der Morgentauchgang", murmelte Mia und nickte ihm zu.

Er übersprang das, was mindestens eine Stunde Filmmaterial vom Mittagessen und einem Spaziergang durch die Straßen der Stadt zu sein schien. Alles im doppelten Tempo und dann noch ein ganzes Stück weiter.

„Da!" Mia zeigte darauf.

Er spielte das Video in Normalzeit ab und sah, wie die Tauchgruppe an einem grinsenden Lucky, einem fröhlichen Hans und einer gut gelaunten Mia vorbei aufs Boot stieg. Er erhaschte einen kurzen Blick auf sich selbst, versteckt in seiner Kapuzenjacke, um so lange wie möglich unauffällig zu bleiben.

Mia versteifte sich neben ihm. Gott, was hatte er sich nur dabei gedacht, sie so aus dem Nichts zu überraschen?

„... seit stolzen sechsundzwanzig Jahren Besitzer von Calypso Dives auf Bonaire", sagte Mia im Video über Hans.

„Das heißt, mein Geschäft ist wie viel älter als du, Mia?", erwiderte Video-Hans.

Es war seltsam, den gestrigen Tag noch einmal vor seinen Augen ablaufen zu sehen. Ein Gestern, das sich wie ein ganzes Leben entfernt anfühlte.

Die Mia neben ihm war still und ernst; Mia im Video war fröhlich und munter.

„Jünger, Hans", antwortete sie. „Dein Geschäft ist zwei Jahre jünger als ich."

„Da – schau mal!" Mia – die echte Mia – tippte mit einem Finger auf den Bildschirm.

Er sah den Hauch einer Bewegung im Hintergrund und dann war sie verschwunden.

„Gehe noch einmal zurück", drängte sie.

Er spulte ein paar Minuten zurück und hielt den Finger dieses Mal über der Pausentaste.

„Dein Geschäft ist zwei Jahre jünger als ich... "
Ryan hielt den Film an genau dieser Stelle an, denn im Hintergrund war ein Aluminiumtauchboot zu sehen, an dessen Heck ein Mann stand. Ein weiterer befand sich im Wasser. Die Aufnahme war zu unscharf, um etwas Genaues erkennen zu können, also ging er im Filmmaterial Bild für Bild vorwärts, bis er eine etwas klarere Aufnahme hatte.

„Das ist er", murmelte Mia, die einen Mann in voller Tauchmontur beobachtete, der nach etwas griff, das der zweite Mann hinunterreichte.

Dann rückte die Kamera weg und er ließ die Szene weiterlaufen.

Hans blinzelte im Video. „Nun, ich wurde vor langer, langer Zeit in Holland geboren, aber ich schwöre, ich werde auf Bonaire sterben. Nur nicht zu bald, hoffe ich!"

Er beobachtete, wie Mia seitlich an der Kamera vorbeiging und sagte: „Und unser letzter Gast heute–"

Das Video in dem Moment anzuhalten, in dem er Mia völlig unfair und unvorbereitet erwischt hatte, war das Letzte, was er tun wollte. Aber die Kamera zeigte den Taucher erneut in der oberen rechten Ecke des Bildes, also hatte er keine Wahl.

Der Taucher schnallte sich einen sperrigen Sack an den Körper und schwamm vom Boot weg, während der andere zusah.

„Kompletter Neoprenanzug", murmelte Mia und schaute auf den Bildschirm. „Er taucht allein."

Er deutete auf einen rosa Fleck am Rumpf des Bootes. „Was ist das für ein Logo auf dem Boot?"

„Ich weiß ni–"

Etwas kratzte an der Hotelzimmertür und sie erstarrten beide.

Es wurde am Türknauf gerüttelt.

Nach einer verdächtigen Pause rüttelte es erneut. Nicht die feste Drehung des rechtmäßigen Besitzers, sondern eher ein heimlicher Versuch. Mia schaute ihn mit wildem Ausdruck an, der sagte, *oh Scheiße.*

Sie huschte zum Spion an der Tür und drehte sich sofort wieder zu ihm um, wobei sie hektische Hackbewegungen mit ihren Händen machte.

„Nicht Stanley und Brenda?", flüsterte er, als sie auf Zehenspitzen zurückkam.

Das Rütteln an der Tür ging weiter. Jemand spielte mit dem Schloss.

Mia schüttelte den Kopf. „Zwei Typen. Oh Gott! Beeil dich!"

Er warf die Speicherkarte aus dem Laptop aus, griff nach ihrer Hand und rannte zum Balkon.

„Und was jetzt?", rief Mia und starrte auf eine ausweglose Situation, vier Stockwerke über einem sehr harten Fall.

Kapitel 21

Ein hörbares Klicken ertönte, als das Türschloss aufgebrochen wurde. Mia keuchte und Ryan schob sie außer Sichtweite derer, die den Raum betraten, gegen die Außenwand.

Die Männer, die gestern – zweimal – versucht hatten, sie zu töten. Dessen war sie sich sicher. Sie lehnte sich über das Balkongeländer und starrte den tiefen Abgrund hinunter.

Wäre das Hotel einer dieser protzigen Neubauten gewesen, bei denen die Balkone rundherum verliefen, wäre es ein Leichtes gewesen, sich aus dem Staub zu machen. Aber das hier war ein elegantes Gebäude mit kleinen, schmiedeeisernen Balkonen, die wie winzige Sprungbretter nach vorne ragten und durch breite Lücken getrennt waren.

„Leise!", brummte Ryan ihr ins Ohr.

Leise war ja schön und gut, aber sie mussten verdammt noch mal weg, denn sie hörte bereits schwere Schritte, die durch den Raum trampelten.

„Dort!", knurrte eine tiefe Stimme.

Es folgte ein klickendes Geräusch: Sie schoben die Speicherkarten auf dem Tisch herum.

Wenn die beiden Männer bei ihrer Suche gründlich waren, würden sie das Zimmer durchstöbern und auch auf den Balkon hinausschauen. Es war nur eine Frage der Zeit. Sie und Ryan mussten fliehen, und das schnell. Aber wie?

Sie lehnte sich noch weiter über das Geländer und ihr wurde sofort schlecht. Nicht so sehr wegen der Höhe selbst, sondern wegen des völligen Mangels an Möglichkeiten. Der nächste Balkon schien meilenweit entfernt zu sein und der Balkon unter ihnen war mit Liegestühlen, einem Tisch und nicht ganz geleerten Champagnergläsern gefüllt. Nicht einmal eine Katze könnte dort eine saubere, stille Landung hinlegen.

Ryan presste seine harte Schulter gegen ihre, während er in den gleichen Abgrund schaute.

„Dort rüber." Sie nickte in die Richtung des benachbarten Balkons und warf ein Bein über das Geländer.

Die Entscheidung war einfach, es umzusetzen, jedoch schwer. Mia stemmte ihr Körpergewicht über das Geländer und klammerte sich mit aller Kraft daran fest. Es war ein sehr langer Weg nach unten auf die Steinterrasse, wo das Silberbesteck der letzten Gäste beim Frühstück klirrte.

Wütendes Gemurmel strömte zusammen mit dem dumpfen Gleiten einer Speicherkarte, die über den Tisch geworfen wurde, aus dem Raum. Die Zeit lief ab.

Wenn es jemals eine unnötige Bemerkung auf der Welt gegeben hatte, dann musste es die sein, die Ryan als Nächstes von sich gab:

„Vorsichtig!"

Als würde sie auf irgendeine andere Weise von Balkon zu Balkon springen.

Das Geländer war fast bündig mit der Kante des Balkons, so dass sie nur etwa zwei Zentimeter hatte, auf die sie sich vorm Absprung lehnen konnte. Mia musterte den Abstand. Dann holte sie tief Luft und fragte sich, wann sie ihrer Mutter zuletzt gesagt hatte, dass sie sie liebte.

Und dann sprang sie.

In der langen Sekunde, in der sie sich an nichts als Hoffnung klammerte, erschien ihr die Luft furchtbar dünn. Dann knallte ihr Knie auf Metall und sie krallte mit den Händen. Ihre Schulter flog nach vorn und sie klammerte sich krampfhaft fest. Ryan prallte mit einem leisen Grunzen neben ihr dagegen und sie beide pressten sich an die Seite des Sicherheitsgeländers, die man eigentlich niemals zu Gesicht bekommen wollte. Sie schauten einander an.

„Kinderspiel", murmelte sie und kletterte auf den inneren Teil des Balkons.

Was ihnen nicht viel mehr eingebracht hatte, als einen wild beschleunigten Herzschlag, denn die Tür zu diesem Hotelzimmer war verschlossen. So breit der Abstand zu Stanleys Balkon auch erschienen war, als sie absprang, war es doch nicht genug. Nicht annähernd genug, wenn die beiden Männer bewaffnet und schießwütig herauskamen.

„Los! Weiter!", zischte Ryan und stieg bereits über das Geländer, um auf den nächsten Balkon zu springen.

Mia kletterte hinter ihm her und hoffte, dass es beim zweiten Mal leichter sein würde. Sie schaute hinunter. Sie schaute hinüber. Sie berührte ihr geprelltes Knie. Dann schluckte sie.

Nein, es war nicht leichter. Kein bisschen.

Aber sie tat es trotzdem und prallte auf genau dieselbe Weise gegen das Geländer, mit zwei Unterschieden. Dieses Mal schlug sie sich das rechte Schienbein an. Und dieses Mal – gerade als sie ausatmen wollte – brach der winzige Vorsprung unter ihr ab und sie fiel.

Sie spürte einen heftigen Ruck und ein raues Kratzen, als ihre Beine unter ihr nachgaben. Dann gab es nur noch sie und viel zu viel Platz und Gliedmaßen, die wie die einer Zeichentrickfigur um sich schlugen. Ihre Schultern kreischten in ihren Gelenken, als sie ruckartig zu einem Halt kam und sich vor Angst um ihr Leben an das schmiedeeiserne Geländer klammerte.

Die Zeit wurde langsamer, als sie an nur einer Hand und vier Stockwerke weit oben am unteren Teil des Geländers schwang.

„Mia!"

Sie schaute auf und entdeckte einen erblassten Ryan, der mit großen, weitaufgerissenen Augen nach ihrer freien Hand griff. Gott, seine Augen waren grün. Gott, seine Hand war groß. Mann, waren seine Beine lang...

Er zog sie hoch und presste sie an seine Seite.

„Mein Gott", flüsterte er.

Aber zu flüstern, war jetzt irgendwie sinnlos, denn sie hatten genügend Lärm gemacht, um einen Ruf aus Stanleys Zimmer zu ernten.

Ryan zog sie halb und hob sie halb über das Geländer. Sie rüttelte an den Schiebetüren. Verriegelt. Rechneten Hotelgäste tatsächlich damit, dass jemand von Geländer zu Geländer sprang, um in ihr Zimmer einzubrechen?

Sie überlegte, ob sie die Scheibe einschlagen sollte, aber Ryan zeigte auf den nächsten Balkon eine Etage tiefer.

„Bist du verrückt geworden?", zischte sie.

Stimmen ertönten von Stanleys Balkon.

„Wir müssen dieses Stockwerk verlassen!"

„Hey!", bellte jemand von Stanleys Balkon. Es war weder die Stimme des Zimmermädchens noch die von Stanley selbst, so viel stand fest.

Mia kletterte über ein weiteres Geländer, ignorierte die blauen Flecken, die an ihrem ganzen Körper schmerzten, und schätze die Entfernung ab.

„Halt!", rief ein Mann von hinten.

Sehr guter Rat, käme er nicht von genau dem Kerl, der ihren Luftschlauch vierzig Meter unter Wasser durchgeschnitten und ihr Schlauchboot in der Nacht versenkt hatte. Ein Typ, der eine Waffe aus seiner Tasche zog, wie ihr ein wilder Blick zurück verriet.

Ryan stieß sich mit einem Grunzen ab und landete wie ein Panther in der Mitte des nächsten Balkons. Dann drehte er sich um. Auf der einen Seite ließ er es leicht aussehen. Auf der anderen Seite schien es wie Selbstmord. Mia war kein Panther. Sie war kein Soldat oder SEAL, oder was auch immer er in irgendeinem Zweig des Militärs gewesen sein mochte. Sie war einfach nur Mia.

Ryan schob einen Stuhl zur Seite, um Platz für sie zu machen. „Komm schon!"

„Stopp!", bellte der Mann hinter ihr.

Mia war keine Expertin, aber sie war sich ziemlich sicher, dass das Klicken, das sie hörte, das Entsichern einer geladenen Waffe war.

Sie sprang. Streckte sich. Spannte jeden Muskel an und konzentrierte sich auf Ryans ausgestreckte Hand. Sie kniff auch die Augen zusammen, als ob es ihr helfen würde, dem dumpfen *Zisch!* einer schallgedämpften Kugel auszuweichen, die ganz nah an ihrem Ohr vorbeischoss.

Sie stieß gegen Ryan und warf ihn um wie ein fliegendes Nilpferd, aber das ging schon klar. Sie hatte es geschafft, nicht wahr?

Ryan rappelte sich auf und schob sie durch die – Gott sei Dank – offene Balkontür, von der ein geistig abwesender Teil von ihr errechnete, dass es sich um Zimmer 319 handeln musste. Als ob sie auf dem Weg nach draußen den Zimmerservice rufen würden.

„Hey!“ Eine stämmige Frau in einer rosa Putzuniform presste sich gegen die Wand.

„Entschuldigung“, murmelte Ryan, als sie vorbeistürmten.

„Verzeihung“, raunzte Mia, als er sie mit sich zog.

Ryan sprintete durch den Flur, stieß die Tür zum Notausgang auf. Er sprang die Treppen hinunter, was nach der Affennummer, die sie draußen abgezogen hatten, wie Kinderkram wirkte. Als er die Tür unten aufstieß und über den polierten Fußboden der Lobby rutschte, drehten sich ein Dutzend Köpfe nach ihm um. Er zog sie weiter, sprang über Koffer, rempelte einen Hotelpagen an und verfehlte nur knapp die mit duftenden Blumen gefüllten Vasen. Schließlich sprinteten sie auf die Eingangstür zu und kamen draußen quietschend zum Stehen.

Kein Taxi. Kein freundliches Pärchen in einem Pick-up-Truck. Keine gesattelten Ponys, die ihnen zu einer schnellen Flucht verholfen hätten.

Nur ein weißer Hyundai mit einem rosa Hibiskus auf der Seite, der auf der anderen Seite des Weges geparkt stand. Und eine Reihe pastellfarbene Mopeds, die alle in genau demselben Winkel ausgerichtet waren. Alle, bis auf eines an der Seite, das ein Angestellter gerade einem Gast erklärte.

„So lässt man den Motor an“, sagte der Mitarbeiter, als in der Lobby hinter ihnen Gebrüll ausbrach. Die beiden Männer, die sie verfolgten, waren gerade aufgetaucht.

Ryan stürzte zu dem Moped hinüber und Mia folgte ihm. Sie wünschte, sie hätten einen besseren Plan.

„’Tschuldigung.“ Ryan griff nach dem Moped.

„Verzeihung“, fügte Mia hinzu und sprang hinter ihm auf den Sitz. Wenn sie schon Zimmermädchen überfielen und Mietfahrzeuge stahlen, konnten sie wenigstens höflich sein.

„Hey!“, rief der Gast.

„Entschuldigung!“ Sie klammerte sich an Ryan, als der die Auffahrt hinunterschoss. Ihre Arme schlang sie um seinen stählernen Oberkörper und hielt sich fest. „Los! Los!“

Der Motor des Mopeds heulte laut auf.

Keine Helme. Kein Mietvertrag. Keine Sicherheitseinweisung. Gott, sie hätten eine Menge zu erklären, wenn sie diesen Tag überlebten.

In der Einfahrt tönten Rufe und Schreie zusammen mit dem Geräusch eines Automotors, der von hastiger Hand zum Leben erweckt wurde.

„Schneller!“, rief sie Ryan ins Ohr, obwohl das ungefähr so notwendig war, wie seine Aufforderung, vorsichtig zu springen. „Schneller!“

Kapitel 22

Ryan behielt ein Auge auf der schmalen Straße und eines auf dem Seitenspiegel, als er seine Finger fest um die Griffe klammerte. War das die höchste Geschwindigkeit, die das Moped fahren konnte?

„Ich glaube, der Zementlaster, an dem wir vorbeigefahren sind, könnte sie aufgehalten haben", rief Mia ihm ins Ohr.

Er gab trotzdem so viel Gas wie irgend möglich, was niemals schnell genug sein konnte. Schade, dass das Hotel keine 750 cc Harleys vermietete. Er hätte sich eine davon ausgeliehen, statt dieses ... dieses... Er stöhnte und blickte auf den Rahmen hinunter.

„Was?" Mia später über seine Schulter.

Er deutete auf die Plakette. *Kymco Agility 50 cc.*

Er musste zweimal hinsehen, um sich zu vergewissern, dass keine Null fehlte. Wie sollten sie mit fünfzig mickrigen Kubikzentimetern fliehen können?

Das kleine Moped tat sein Bestes und wirbelte Kieselsteine und Staub auf, als er über die unbefestigte Straße fuhr. Zwei holprige Kilometer später erreichten sie eine asphaltierte Straße und ein Schild.

Rincon 2 km, Kralendijk 17 km.

Ryan stöhnte auf. Kralendijk war das einzig logische Ziel, aber es bedeutete siebzehn lange Kilometer in der Hoffnung, dass dieses stotternde Moped ihnen den Arsch retten würde.

Großartig.

Das Einzige, was ihm an diesem Szenario gefiel, waren Stanleys Speicherkarte in seiner Tasche und Mias Arme um seine Taille. Sie presste ihre Wange flach an seine Schulter. Und selbst wenn sie es tat, um eine aerodynamische Form zu schaffen, gefiel ihm der Gedanke, dass sie es tun könnte, weil es ihr gefiel, sich an ihn zu lehnen. So wie es ihm gefiel, dass sie da war.

Er warf einen Blick in den Seitenspiegel und verdammt, da war wieder der weiße Hyundai mit der rosa Blume. Er lehnte sich über den Lenker und trieb das Moped an.

Eine lang gezogene Rechtskurve führte zu einer üppigeren Grünfläche und den hochaufragenden Türmen einer Kirche, die sich strahlend weiß vor dem blassblauen Himmel erhoben. Ehe er sich versah, fuhren sie an einem weiteren Schild vorbei.

„Rincon!", rief Mia.

Er warf ihr einen Blick über seine Schulter zu. *Und?*

„Es ist eine alte Stadt. Eine der ältesten in der Karibik, ursprünglich von den Spaniern besiedelt. Alle sagen, sie sei wunderschön."

Er schaute nach vorn. Schönheit hatte er bereits auf dem Rücksitz seines Mopeds. Was er jetzt brauchte, war eine Fluchtmöglichkeit.

Er überfuhr ein Stoppschild und dann noch eines. Der Hyundai tat es ihm gleich, aber dann mussten sie beide langsamer werden, weil der Verkehr zunahm.

Genauer gesagt Fußgängerverkehr. Sehr viel davon, und er wurde immer dichter. Banner flatterten über den Köpfen und ein unüberhörbares Stimmengewirr erfüllte die Luft. In der Stadt war eine Art Parade im Gange. Umleitungsschilder führten nach rechts und er wollte ihnen gerade folgen, als Mia ihm auf die Schulter tippte.

„Dia di Rincon!"

„Dia di, was?"

„Dort! Dort entlang!" Sie zeigte auf die Menschenmenge.

Natürlich – sie konnten sich in der Menge verlieren. Er schlitterte um die Absperrung herum und schaute zurück. Er sah, wie der Hyundai quietschend zum Stillstand kam. Beinahe hätte er seine Faust in die Luft gerissen, aber es kostete ihn alles, das Moped durch die immer dichter werdende Menge zu lotsen. Drei stämmige Damen in weißvioletten, wogenden Röcken schoben sich vor ihm her. Männer mit Panamahüten und gestreiften Hemden tanzten neben Bands und noch weiteren Damen – neben vielen weiteren Damen, die ganz ähnlich gekleidet waren wie das Chiquita-Bananen-Mädchen nur ohne die Bananen. Mit ihren bunten Bändern, schwingenden Röcken und hochaufragenden Hüten sahen sie aus wie riesige tanzende Obst-Törtchen mit Schlagsahne obendrauf.

„Was ist das?", murmelte er und lenkte das Moped vorsichtig um vier Frauen in Kleidern, die an tropische Vögel erinnerten.

„*Dia di Rincon!* Das Festival!"

Es war ein gigantisches Straßenfest, ein Hauch von Rio in einer kleinen Stadt – oder zumindest so, wie er sich Rio vorstellte. Gewürzgerüche wehten von den Grills auf dem Bürgersteig und stiegen in seine Nasenlöcher. Geschnatter, Durchsagen und Trommelschläge dröhnten an seinen Ohren. Es wurde immer schwieriger, voranzukommen, und so bog er in eine Seitengasse ein, dann in eine andere und in eine weitere, die sich verbreiterte und sie auf eine wunderbar offene Straße führte, wo er wieder Gas geben konnte.

„Ich glaube, wir haben sie abgehängt!", rief Mia.

Er warf einen Blick in den Seitenspiegel und war sich sicher, dass ihnen diese Aussage Unglück bringen würde. Aber nein, die Straße war leer. Gesperrt, so wie es aussah. Vielleicht hatten sie wirklich nichts zu befürchten.

Sie rasten an einer buschigen Landschaft vorbei, die sich kilometerlang hinzog, und er zählte jeden einzelnen Kilometer. Sie fuhren eine Anhöhe hinauf und konnten bereits einen Blick auf Kralendijk erhaschen, bevor sie in sandige Täler tauchten, in denen dichte Reihen von Kakteen einen lebenden Zaun bildeten, der sie von beiden Seiten einschloss.

Er gab Gas, als wäre ihnen der Hyundai immer noch dicht auf den Fersen, was er wahrscheinlich auch war. Er vermutete, dass die beiden Männer eine parallele Straße genommen hatten und nun auf einer Straße fuhren, die auf diese treffen würde. Irgendwo vor ihnen würde es eine Kreuzung geben, an der sie in einen Hinterhalt dieser Verbrecher geraten würden, wenn er sich nicht beeilte.

Das Gleichgewicht des Mopeds geriet leicht ins Schwanken, als Mia ihren Kopf herumdrehte. „Hörst du das?"

„Was?"

Er schaute in den Spiegel. Nichts.

„Das."

Er musterte die lange Straße vor ihnen mit zusammengekniffenen Augen. Nichts. Im Spiegel war auch nichts zu sehen, aber sie hatte recht. Von irgendwo dort vorn ertönte ein entferntes Brummen.

„Zu laut, um das Auto zu sein", rief er über seine Schulter. „Und es kommt aus der falschen Richtung."

„Vielleicht ein Lastwagen?"

Er wollte gerade sagen, *völlig egal*, denn ein Lastwagen, der aus der Stadt hinausfuhr, war das geringste ihrer Probleme. Doch als das Moped sich eine Anhöhe hinaufquälte, fiel ein Schatten über sie. Er schaut auf und sah einen riesigen Vogel, der sich über die Hügelkuppe erhob. Er dröhnte und stürzte sich direkt auf sie.

„Oh, Scheiße!" Mias Arme verkrampften sich so schnell, dass ihm der Atem stockte.

Das war kein Vogel. Es war ein Hubschrauber. Und er kam direkt auf sie zu.

Er duckte sich und wich seitlich aus, als er über ihre Köpfe hinwegdonnerte. Er kam so nah, dass er spürte, wie sein Haar durch den Wind oder vielleicht sogar die Kufen des Hubschraubers platt gedrückt wurde.

„Was zum…?", platzte er heraus und beschleunigte über die Anhöhe. Die Verbrecher hatten Verstärkung? „Woher haben die einen Hubschrauber?"

„Aus einem der Resorts?", schrie Mia in den Wind. „Bauunternehmer, weißt du noch?"

Er schaute auf und sah einen rosa Blitz. Der Hubschrauber hatte das gleiche Hibiskus-Logo auf der Seite wie der Hyundai. Vielleicht hatte Celestes Cousine, die Friseurin, recht. Vielleicht steckte tatsächlich ein mächtiger Bauunternehmer hinter dem Bombenanschlag auf die *Neptuns Rache*.

Der schnittige, schwarze Hubschrauber tauchte wieder auf und raste direkt auf sie zu, dieses Mal von hinten. Er fuhr einen so hektischen Schlenker, dass das Moped fast seitlich wegrutschte. Der Fuß, den er ausstreckte, um sie aufrechtzuerhalten, schleifte so schnell über die Straße, dass ihm die Hitze die Sohle verbrannte. Der Sog des Rotors zerrte an seinem Haar.

Der Hubschrauber raste voraus, stieg in einem weiten, der Schwerkraft trotzenden Bogen auf und kam für eine neue Runde zurück. In Ermangelung einer besseren Option begann Ryan mit einer Slalomfahrt, da die beiden Kakteenwände an den Seiten der Straße nicht mehr als fünfzehn Meter Platz zum Manövrieren boten.

Mia schrie auf, als der Hubschrauber erneut über sie flog und dieses Mal so nahe kam, dass Ryan sich mit einer Hand an einer Kufe hätte festhalten und ins Cockpit schwingen könnte.

Aber er wollte nicht in diesen Hubschrauber steigen. Er wollte sich und Mia so weit wie möglich von ihm entfernen, und zwar sofort.

Er streckte einen Fuß aus und verhinderte irgendwie, dass das Moped in einem Kaktus landete, dann riss er den Lenker herum, um sie wieder auf Kurs zu bringen.

Mia streckte eine Hand über seine Schulter. „Dort! Los!", schrie sie.

Als hätte er eine andere Wahl.

Dann begriff er, was sie meinte, und beschleunigte in die Richtung des Baumes, auf den Mia gezeigt hatte. Sie lehnten sich beide nach vorn, als säßen sie auf einem galoppierenden Pferd und nicht auf einem lila Motorroller, der kurz davor stand, dass ihm ein Reifen platzte. Hinter ihm verriet das Brummen des Hubschraubers, dass er in eine Wende lenkte, und die Veränderung des Tons seines Rotors bedeutete, dass er wieder beschleunigte.

„Komm schon, komm schon", bettelte er das Moped an.

Er brauchte nicht in den Spiegel zu schauen, um zu spüren, dass der Hubschrauber sich ihnen wie ein Drache näherte. Das Dröhnen in seinen Ohren nahm zu, bis er sich sicher war, dass sie dieses Mal kein Glück mehr hätten.

Aber das Dröhnen wurde zu einem Kreischen, als der Hubschrauber abdrehte. Wie durch ein Wunder hatten sie es in den winzigen Unterschlupf unter den tief hängenden Ästen geschafft, wo sich kein Hubschrauber hintrauen würde. Er setzte beide Füße auf den Boden und kam zum Stehen – gefühlt zum ersten Mal seit Tagen.

„Gott, ich könnte diesen Baum umarmen", murmelte Mia. Sie schien sich jedoch damit zu begnügen, ihren Griff um seine Taille zu straffen, was ihm überaus recht war.

Der Hubschrauber schwirrte wie eine Hornisse um den Baum herum und schwebte dann eine kleine Entfernung davon weg.

„Was jetzt?", krächzte Mia.

Kalkulierten sie? Planten sie? Luden sie Raketenwerfer?

Der Baum bot ein gewisses Maß an Sicherheit, aber seine Äste waren ein Käfig. Man konnte nirgendwohin und sich nirgends verstecken. Zu allem Überfluss ertönte in der Ferne ein weiterer Motor. Ryan riss den Kopf nach links, um sich nach dem Geräusch umzusehen.

Dieses Mal handelte es sich um einen Lastwagen. Er musterte ihn genau. War dies nur ein großer, schwerfälliger Lkw, der unschuldig in die Stadt fuhr, oder ein großer, schwerfälliger Lkw, der ihn und seine Meerjungfrau plattmachen wollte? Vorsichtshalber ließ er den Motor des Mopeds aufheulen. Der Lastwagen rollte vorbei, ohne dass der Fahrer auch nur mit der Wimper zuckte.

„Los!" Mia klopfte ihm auf die Schulter. „Folge ihm!"

Gott war sie schlau. Der Hubschrauber würde sie nicht vor den Augen von Zeugen angreifen, zumindest hoffte er das. Er drehte am Gashebel, raste dem Lastwagen hinterher und lenkte das Moped ganz nah heran – tatsächlich zu nah, aber es war besser, als von einem Hubschrauber geköpft zu werden. Dort blieb er dann und warf einen Blick in den Spiegel.

„Was macht der Hubschrauber?"

Mia drehte sich um. „Der Typ, der an der Seite heraushängt, spricht in ein Funkgerät."

Scheiße. Wahrscheinlich riefen sie Verstärkung, vielleicht einen Panzer oder so.

Der Lastwagen wurde langsamer und bog mit ihm und Mia im Schlepptau auf eine größere Straße ein.

„Oh, na toll", murmelte Mia.

„Was?“

„Die gute oder die schlechte Nachricht?“, fragte sie.

Er schüttelte den Kopf. Warum konnte es nicht nur gute Nachrichten geben? „Die schlechte zuerst.“

„Der Hyundai ist wieder da.“

Er warf einen Blick in den Rückspiegel und sah, wie der rosa-weiße Hyundai hinter ihnen um eine Kurve der Küstenstraße raste. Er verschwand hinter der Biegung, aber nur für einen Moment.

„Und die gute Nachricht?“

„Der Hubschrauber zieht sich zurück.“

Er schaute auf und sah den verschwommenen Fleck. „Warum habe ich das Gefühl, dass diese Kerle sich mit uns abwechseln?“

„Weil sie genau das tun? Weil jemand, der so ehrgeizig ist, ein international angesehenes Schiff zu bombardieren, über die Mittel verfügt, einen Hubschrauber und ein Auto zu dirigieren?“

Ja, so viel hatte er vermutet.

„Noch mehr gute Nachrichten.“ Sie tippte ihm auf die Schulter, als der Lastwagen vor ihnen in eine Seitenstraße einbog. „Sieh mal!“

Sie näherten sich Kralendijk und Mann, er war noch nie in seinem Leben so froh gewesen, in einer Kleinstadt anzukommen.

Dann murmelte Mia. „Oh Gott.“

Was denn jetzt?

„Kreuzfahrtschifftag.“ Sie schob ihre Hand über seine Schulter und zeigte auf zwei riesige Schiffe, die vor der Stadt angelegt hatten. Schiffe, die über Nacht hereingekommen sein mussten.

„Gut? Schlecht?“

„Menschenmassen“, sagte Mia. „Große Menschenmassen. Kralendijk wird zu einem Tollhaus.“

Er schloss die Hände fester um den Lenker. Ein Tollhaus. Wie passend.

Ihm blieb nicht viel Zeit, um darüber nachzudenken, denn sie befanden sich nun innerhalb der Stadtgrenze. Der Hyundai holte auf und es wurde eng. Sehr eng.

Sie rasten in die Altstadt mit ihren kolonialen Gebäuden, die in sonnigen Gelbtönen, leuchtendem Blau und sattem Orange gestrichen waren, alles so fröhlich und beschwingt. Vielleicht hätte er sich auch so gefühlt, wären da nicht die ahnungslosen Touristen gewesen, die durch die Straßen liefen – auf den *Straßen*, verdammt, nicht nur auf den Bürgersteigen – und der Hyundai, der ihn sehr bald umbringen wollte.

Eine positive Sache – und Ryan bemühte sich sehr, eine positive Seite zu finden – war, dass er genau wusste, wo sich das Polizeirevier befand. Leider wusste er das nur zu gut. Dann bremste er auf ein Kriechtempo ab, weil ein älteres Paar mitten auf der Straße Fotos – Fotos! – schießen musste, bevor er wieder beschleunigen konnte. Vor ihnen befand sich das blau-weiße Gebäude des Polizeipräsidiums. Sie waren fast da. Die beiden Männer in dem Hyundai würden ihnen doch sicher nicht so weit folgen, oder?

Das Verrückte war, dass sie es taten. Sie waren wild entschlossen, ihn und seine Segelbraut um jeden Preis von der Oberfläche der Erde zu blasen. Auf der anderen Seite hatten ihre Verfolger ihre eigenen Probleme, da ein Polizeiauto mit Blaulicht hinter ihnen hergefahren war, was die Sache nun zu einem Rennen mit drei Pferden machte. Oder besser gesagt, ein Rennen mit zwei Pferden und einem Pony, denn das Moped begann zu überhitzen.

„Die Polizei weiß, dass wir die Guten sind, oder?", murmelte Mia.

Ryan hielt den Mund.

Sie waren dem Polizeirevier so nah, dass er die Insignien auf den Fahnen, die vor ihnen flatterten, sehen konnte. Doch gerade als sie näher kamen, tauchte ein Umleitungsschild vor ihnen auf und er hielt rutschend an.

„Umleitung?", kreischte Mia.

„Wir rennen!"

Sie sprangen vom Moped und taten genau das, denn das Innere des Polizeireviers war ein viel besserer Ort, um all die

Erklärungen abzugeben, die nun fällig waren, als hier draußen in Schussweite. Ja, Schussweite, denn er sah, wie sich ein Mann aus dem Fenster des Hyundais beugte und eine Waffe auf ihn richtete.

Scheiße. Eine Pistole?

Er drehte sich auf halbem Weg um, um zurückzuschauen. Und ja, da war der Kerl, schwang den Lauf in seine Richtung herum und zielte.

„Hey! Stopp!"

Er drehte den Kopf und sah, wie vier Personen aus dem Polizeirevier zu den beiden Polizisten hinausgestürmt kamen, die bereits draußen standen. Alle schrien und winkten wie verrückt.

Er rannte, so schnell er konnte mit Mia einem halben Schritt voraus, aber in seinem Kopf lief alles wie in Zeitlupe ab.

Polizisten vor ihnen. Keine Waffen. Und einer von ihnen war merkwürdigerweise ein Typ, der Lucky verdammt ähnlich sah.

Hinter ihnen zwei Männer mit Pistolen. Mit Pistolen, die zielten.

Er drehte sich noch mal um. Scheiße – sie zielten auf Mia, nicht auf ihn.

Er schaute nach vorn. Zu weit entfernt von jeder Art Schutz.

Er stellte sich vor, wie die Waffe entsichert wurde und ein Finger den Abzug drückte.

„Stopp!", schrie eine Polizistin.

Er hatte keine Zeit zum Anhalten. Keine Zeit zum Nachdenken.

Er stürzte sich auf Mia und warf sie im Bruchteil einer Sekunde zu Boden, bevor der Knall eines Schusses durch die Luft schallte.

Ein brennendes Gefühl durchzuckte seinen Arm.

Er ignorierte es und konzentrierte sich darauf, sich auf die Seite zu rollen. Er behielt seinen Körper zwischen Mia und dem Schützen, selbst als sich das Brennen in einen dumpfen Schmerz verwandelte, der sich in seine Brust ausbreitete. Als sie zum Liegen kamen, zog er Mia hoch und stieß sie hinter den Schutz eines geparkten Autos. Er sprang hinterher und weitere Schüsse ertönten. Schüsse aus beiden Richtungen, denn anscheinend waren die Polizisten doch bewaffnet.

Mia fluchte. Die Polizisten schrien. Kugeln hagelten, aber alles schien seltsam gedämpft.

„Ryan?", hörte er sie weinen. Warum klang sie so weit weg?

„Ryan!", schrie sie.

Alles wurde dunkler, bis er nur noch einen Ölfleck auf der Straße vor seiner Nase sehen konnte. Er blinzelte einmal. Zweimal. Dann wurde alles schwarz.

Kapitel 23

Drei Tage später...

„Ach, Stanley, nicht noch ein Video!"

Mia war nicht die Einzige, die protestierte. Es war Donnerstagabend in der Bar und Bruno, Marc, Dirk und Anna winkten Stanley vom Großbildfernseher weg. Selbst Lucky und Hans stöhnten und wandten sich ab.

Alle protestierten, bis auf einen Mann.

„Das hier ist auf besonderen Wunsch", sagte Ryan neben ihr und laut genug, damit alle still wurden.

Mia drehte sich um und holte tief Luft. Drei Tage waren seit dem schrecklichsten Moment ihres Lebens vergangen und ihr stockte immer noch der Atem, wenn sie Ryan ansah. Die Kugel hatte den Muskel seines Arms durchbohrt, aber keine Bänder oder Knochen, und auch nicht sein Herz, Gott sei Dank. Es ging ihm gut.

Im Krankenhaus hatte er ihre Tränen weggewischt. *Nicht einmal in der Nähe meines Herzens*, beharrte er, obwohl sein Gesicht blass war. *Diese Typen haben schlecht gezielt.*

Sicher, schlecht gezielt. Deshalb musste Ryan sie auch zum zwanzigsten Mal in zwei Tagen retten.

Sie erinnerte sich daran, zu atmen. Ruhig ein, ruhig aus. Ryan ging es gut, ihr ging es gut, alles war in Ordnung. Der Verband an seinem rechten Arm war der Beweis dafür, nicht wahr?

Sie hob ihre Hand an seine Wange, presste einen rauen Kuss auf seinen Mund, löste sich von ihm und drückte seine Hand.

„Komm schon, Ryan, lass uns für heute Schluss machen."

Es waren ein paar lange Tage gewesen. Einer der Verbrecher war tot, ein anderer hinter Gittern und eine Untersuchung war im Gange. Laut Lucky war ein spezielles Ermittlungsteam dabei, die Schlinge um die Investoren zu schließen, die das Ganze inszeniert hatten. Lucky zwinkerte ihr von der anderen Seite des Tisches zu.

„Ich kann immer noch nicht glauben, dass du mich angelogen hast", sagte Hans zu ihm.

„Ich habe nicht gelogen." Lucky schüttelte den Kopf. „Ich habe nur ein paar Sachen in meinem Lebenslauf ausgelassen."

„Wie die Tatsache, dass du ein Undercover-Agent für den KLPD bist?"

KLPD. Der niederländische Geheimdienst. Eines der vielen Dinge, die Mia in den letzten Tagen gelernt hatte.

Lucky zuckte mit den Schultern, als wäre es nichts. Als wäre er nicht derjenige gewesen, der ihnen das Leben gerettet hatte, indem er an jenem Tag vor dem Polizeirevier schnell gehandelt hatte.

„Wir hatten einen anonymen Hinweis auf eine Bedrohung für die *Neptuns Rache*, aber wir waren uns nicht sicher, was es war."

Mia schmiegte sich enger an Ryans Seite und strich mit einer Hand über seine Rippen.

„Komm schon, Ryan. Genug Videos", flüsterte sie. Ihr Zuhause – die *Serendipity* – hatte noch nie so gut ausgesehen, wie sie dort in geringer Entfernung an einem nahe gelegenen Liegeplatz dümpelte. Sie und Meredith waren mit dem Boot zurück in die Stadt gesegelt, nachdem das Verhör beendet gewesen war. Ryan war im Krankenhaus und ihre Hände hatten nicht aufgehört zu zittern. Aber Meredith hatte Recht behalten. Das Segeln auf der *Serendipity* hatte ihr gutgetan.

Meredith, ihre Schwester, der Engel. Sie war vom Boot gezogen, um sich um das Haus einer Freundin von Celeste zu kümmern, während diese reiste – zumindest behauptete sie das. Mia wusste, dass sie ihr und Ryan Freiraum geben wollte. Zeit. Privatsphäre. Die Chance, die verlorene Zeit wieder aufzuholen.

Sie verbarg ein heimliches Lächeln. Ryan hatte gestern Abend bewiesen, dass er bereit dazu war, und am heutigen Morgen erneut. Sie konnte es kaum erwarten, dass er es ihr noch einmal bewies. Ihre eigene spezielle Art von Therapie für all das, was sie durchgemacht hatten.

Er hatte seinen guten Arm den ganzen Abend lang über ihre Schulter gelegt. Seine Finger hatten sich bereits mehr als einmal in verbotenes Territorium verirrt, also schien auch er bereit zu sein, den Abend zu beenden. Woher kam also sein plötzliches Interesse an einem weiteren Video? Sie hatten stundenlanges Filmmaterial gesichtet, das der Polizei dabei half, den Taucher, seinen Komplizen und das Boot, das in Stanleys Video zu sehen war, zu identifizieren. Genügend Beweise, um die Ermittlungen auf den richtigen Weg zu leiten, und mehr als genug, um sie ein Leben lang zu begleiten. Zumindest hatte es eines bewiesen: Videos hatten doch ihren Nutzen.

Ryan schenkte ihr ein Lächeln, das ein wenig gezwungen aussah. „Dieses Video ist wichtig. Auf besonderen Wunsch. Bereit, Stanley?"

„Nur eine Sekunde." Stanley fummelte am Fernseher herum.

„Gute Nacht, Leute", winkte Marc und stand mit Bruno auf. „Wir werden jetzt gehen."

„Nein", sagte Ryan so eindringlich, dass der halbe Raum ihn anstarrte.

Und auch Mia. Was war denn in ihn gefahren?

„Ich brauche ein Publikum", sagte Ryan etwas leiser. Sanft und ... fast traurig.

Bevor Mia etwas sagen konnte, zog er sie auf die Beine, stellte einen Stuhl vor den Fernseher und zeigte darauf. „Der ist für dich." Dann zog er einen zweiten Stuhl heran, drehte ihn um und setzte sich rücklings dem Bildschirm zugewandt darauf. Seine Arme schob er über die Rückenlehne und er neigte den Kopf ein wenig. Sie hatte ihn noch nie so müde und ernst gesehen. Was war an diesem Video so wichtig?

„Ein Film über die Polizeiarbeit in New York?" Hans gluckste über seinen eigenen Scherz.

„So etwas in der Art", murmelte Ryan.

Stanley wich zurück und lenkte die Aufmerksamkeit aller auf den schwarzen Bildschirm. Es flackerte statisch und zeigte dann ein Bild von einer schlichten, weißen Innenwand. Das triste Bild war das Gegenteil von allem, was Mia auf Bonaire erlebt hatte: die pulsierenden Riffe, die bunten Häuser, der tropische Himmel.

New York, dachte sie und ordnete die Szene ein. Diese weiße Wand befand sich in einem Zimmer in New York.

Etwas bewegte sich am Rand des Videos und zuerst hörte man nur eine Stimme. Ryans Stimme.

„Jetzt komm schon, Murphy."

Sie schaute zu Ryan hinüber, der sich über seinen Stuhl beugte und mit traurigen Augen auf den Bildschirm starrte.

Ein Mann trat ins Bild.

„Setze dich", befahl Ryans Stimme aus dem Hintergrund.

Der Mann setzte sich unbeholfen auf einen Metallklappstuhl und schaute überall hin, nur nicht in die Kamera. Er kam Mia bekannt vor, aber sie konnte sein Gesicht nicht richtig einordnen.

„Fang einfach an." Das war wieder Ryan, der furchtbar militärisch klang.

„Ähm... Nun ja... " Murphy wand sich wie ein kleines Kind, das mit den zerbrochenen Überresten von Omas Vase erwischt worden war.

„Sag es endlich", bellte Ryans Stimme.

„Also... " Murphy schaute auf einen Punkt rechts von der Kamera, wo Ryan beim Filmen gestanden haben musste „Ihr Name ist Mia, richtig?"

Ihr Herz fing an zu trommeln, leise und vorahnungsvoll. Alle in der Bar verstummten und starrten sie an.

Ryan musste dem Mann im Video zugenickt haben, denn er fuhr fort. „Okay, Mia, es tut mir wirklich leid wegen dieses Tages... "

Ihr Gesicht erblasste, als sie den Mann im Video wiedererkannte. Es war einer der Polizisten aus dem Tauchkurs an jedem Tag in New York.

Murphy räusperte sich und fing noch einmal an. „Ich möchte mich dafür entschuldigen, dass ich so ein Idiot war. Ich wollte nicht... Nun ja... Ich meinte nicht... "

„Sag es", bellte Ryan aus dem Hintergrund.

Murphy richtete seinen Blick auf die Kamera und es fühlte sich wirklich so an, als würde er sie ansehen. Beinahe flehend. „Es tut mir leid, dass ich so ein Arschloch war. Es tut mir leid, was ich gesagt habe. Ich wollte nicht respektlos sein, aber das war ich und dafür entschuldige ich mich. Es tut mir wirklich sehr leid und ich hoffe... Ich hoffe, du nimmst es Hayes nicht übel, denn er hat an dem Tag überhaupt gar nichts über irgendetwas gesagt."

An jenem Tag. Dieser höllische Tag des Tauchkurses, als Ryans Kollegen anzügliche Bemerkungen gemacht hatten. Der Tag, an dem sie beschlossen hatte, dass sie ihn nie wiedersehen wollte.

Mia starrte ihn an. Den echten Ryan, der einen Meter von ihr entfernt auf einem Bambusstuhl saß und seine Hände fest ineinander verschränkt hatte. Sein Gesicht war grimmig und starr auf den Bildschirm gerichtet. Was hatte er auf Hans' Tauchboot zu ihr gesagt, als er auf Bonaire ankam?

Ich bin gekommen, um mich zu entschuldigen. Sie blinzelte auf das Video.

Verdammte Scheiße. Das war kein Witz gewesen.

„Ken, du bist der Nächste." Die Worte rissen ihre Aufmerksamkeit zurück auf das Video, wo der arme Murphy – und jetzt tat er ihr wirklich leid – vom Bildschirm verschwand und ein anderer Mann auftauchte. Der Mann mit dem breiten Lächeln und dem gackernden Lachen. Nur, dass er jetzt nicht mehr grinste.

„Mia", begann der Mann – Ken – und es war, als befände er sich mit ihnen in der stillen Bar. „Ich habe an jenem Tag ein paar ziemlich unentschuldbare Dinge gesagt." Sein Adamsapfel wippte, als er nach Worten suchte. „Ich wünschte, ich hätte es nicht getan, aber ich kann sie jetzt nicht mehr zurücknehmen. Wir dachten nicht, dass es... " Er schaute sich um. „Wir wussten nicht, dass du es warst, und wir haben es nicht so gemeint, wie es sich anhörte. Wir haben … herumgealbert, und das war dumm. Es tut mir leid.“

„Sag es so, als ob du es ernst meinst“, schnauzte Ryan aus dem Hintergrund und Ken zuckte ein wenig zusammen.

„Ich meine es ernst! Es tut mir leid.“ Irgendwie ließ ihn sein starker Long Island-Akzent doppelt aufrichtig klingen. „Es ist nur… Ich verstehe es, Mia. Nun, zumindest glaube ich, dass ich es verstehe. Ich verstehe, dass es wehgetan hat. Glaube mir, ich werde es nie wieder tun. Nicht dir noch sonst jemandem gegenüber und weder persönlich noch hinter jemandes Rücken.“

Und so ging es weiter. Ein großer, harter Kerl nach dem anderen, der in seinem Bedauern klein und fast bemitleidenswert aussah. Dann war der letzte Typ fertig und Ryan erschien im Bild.

Mia schluckte.

Ryan holte tief Luft und öffnete den Mund. Dann schloss er ihn wieder und räusperte sich. Im Gegensatz zu den anderen zuckte er jedoch nicht zusammen, hüstelte nicht und zögerte nicht. Er schaute direkt in die Kamera. Er sah sie direkt an.

Sie wollte die Hand ausstrecken und ihn berühren, um ihm zu sagen, dass er es nicht tun musste, aber es war schon zu spät. Er hatte es bereits getan – er hatte sich vor den Männern demütig gezeigt, die ihn am meisten respektierten.

Für sie. Ryan hatte es für sie getan. Und er hatte es getan, lange bevor sie ihn brüllend beschuldigt hatte, nichts darüber zu wissen, wie es sich anfühlte, in der Öffentlichkeit gedemütigt zu werden, oder seine Seele zu offenbaren.

Und da war er nun, leibhaftig und auf der Leinwand und im Begriff, dies vor zwei Gruppen von Zuschauern zu tun: Vor seiner Polizeieinheit in New York und der Tauchgruppe, die sich in Rick's Bar versammelt hatte und so schweigsam und ernst in der Runde saß wie die Gäste bei einer Beerdigung.

„Mia“, sagte er in die Kamera, während er in Echtzeit neben ihr auf dem Stuhl die Hände verschränkte und wieder löste.

Die Augen aller brannten auf ihrem Rücken. Sie konnte es spüren, während sie auf den Bildschirm starrte.

„Wir haben eine beschissene Aktion abgezogen.“ Er schüttelte den Kopf und fing noch einmal an. „Ich habe eine beschissene Aktion abgezogen und ich kann es nicht zurücknehmen oder ungeschehen machen." Seine Wange zuckte, aber seine Augen waren hart, als würde er in einen Spiegel und nicht in eine Kamera schauen. „Ich wünschte, ich könnte es, glaube mir. Aber ich weiß, dass es nicht geht. Ich kann nicht ändern, was dir damals passiert ist…" Er winkte und sie wusste, dass er ihre Vergangenheit meinte, bevor sie sich kennengelernt hatten, als sie an der Uni war. „… und ich kann das hier auch nicht ändern, so sehr ich es auch möchte. Ich kann nur sagen, dass es mir leidtut und nie wieder vorkommen wird. Ich meine es ernst. Selbst wenn ich dich nie wiedersehen darf, schwöre ich, dass ich mich daran erinnern werde, wie beschissen es sich anfühlt, jemand anderen so fühlen zu lassen."

Viele Worte, das wusste sie, von einem Mann, der wenige Worte bevorzugte. Von einem guten Mann, der sich sehr große Mühe gab, die Dinge richtigzustellen.

Ryan, hätte sie fast geflüstert, *ich verstehe es.* Sie schaute ihn an. *Genug.*

Er starrte lange und intensiv in die Kamera. Seine Seele leuchtete in seinen Augen und flehte um Vergebung.

Irgendwo neben ihrem linken Ellbogen räusperte sich Hans. Gerta, seine Frau, seufzte.

„Ich habe viele Dinge falsch gemacht", fuhr Video-Ryan fort. „Ich werde wahrscheinlich noch viel mehr falsch machen. Aber ich möchte, dass du weißt, dass ich so einen Fehler nicht noch einmal machen werde. Kein zweites Mal." Er starrte direkt in die Kamera. „Ich schwöre es."

Seine Wangen blähten sich leicht auf, als er einen Atemzug ausstieß, und die Kamera schwenkte auf fünf beschämte Männer, die betrübt, reumütig und aufrichtig aussahen. Dann wurde die Kamera ausgeschaltet und der Bildschirm schwarz.

In Rick's Bar war es so still wie mitten in der Nacht. So wie in den Momenten, wenn Mia aufwachte und an Deck der *Serendipity* kletterte, um die Sterne zu betrachten und zu staunen.

Ryan saß auf seinem umgedrehten Stuhl, sagte nichts und tat auch nichts. Er rieb sich mit der Hand über die Wange und starrte auf den schwarzen Bildschirm.

Und Mia konnte sich weder bewegen noch denken.

Es war Hans, der das Schweigen schließlich brach. Er ging an die Theke und kam mit zwei Getränken zurück. Eines stellte er auf einen leeren Stuhl neben Ryans Knie und das andere hob er zu einem stummen Toast. Ryan schaute auf und brachte ein hauchdünnes Lächeln zustande. Allmählich fingen die Barbesucher wieder an, zu tuscheln. Es war vorbei, erkannte Mia. Bis auf eine Sache.

Sie stand auf wackligen Beinen auf, schwankte zu Ryans Stuhl hinüber und nahm seine Hand. Zuerst war es wie in Zeitlupe, weil sie nicht sicher war, was sie sagen oder tun sollte, aber dann kam sie endlich in Schwung. Genug, um ihn von seinem Stuhl hochzuziehen und mit ihm weg von den anderen zum Wasser zu gehen. Sie setzte ihn dort auf einen Stuhl und zog einen weiteren heran, um ihm gegenüber Platz zu nehmen. Dann überlegte sie es sich anders und setzte sich stattdessen auf seinen Schoß, weil sie diese Nähe brauchte.

Sie schlang einen Arm um seine Schulter und beugte sich vor, bis sie Nase an Nase waren. So wie zwei Hunde oder Delfine oder andere Tiere, die sich ohne Worte verständigen konnten. Sie rieb ihre Nase langsam an seiner auf und ab. Einmal, zweimal, dann über seine linke Wange. Als sie auf der rechten Seite weitermachte, kuschelte er zurück und schlang seine Arme um ihre Taille.

Er öffnete den Mund, aber sie hob ihren Finger und kam ihm zuvor. „Ich glaube, du hast es wiedergutgemacht, Ryan.“

Er schüttelte den Kopf. „Ich kann es nie wiedergutmachen. Nicht so, wie ich es möchte.“

Sie schüttelte ebenfalls den Kopf. „Es gibt viele Dinge, die ich anders machen würde, wenn ich in der Zeit zurückgehen könnte.“ Sie strich mit einem Finger über seine Wange und zog seinen Mund zu einem Kuss heran. „Aber einige Dinge würde ich ganz und gar nicht ändern.“

Sie küsste ihn so sicher, wie sie sich in ihrem Leben noch nie über etwas sicher gewesen war. Sie küsste ihn, bis sich auch sein Mund bewegte und alles wieder in Ordnung war.

„Jetzt, da du mit deiner Entschuldigung fertig bist“, murmelte sie, als sie wieder zu Atem gekommen waren, „meinst du nicht, du könntest Zeit für spaßigere Dinge finden?“

Seine Mundwinkel zuckten um zwei oder drei Grad nach oben. „Spaßigere Dinge? Was zum Beispiel?"

„Noch ein bisschen mehr hiervon", murmelte sie und küsste ihn erneut. „Und davon." Sie strich mit der Hand über die flache Ebene seiner Brust, dann über das durchtrainierte Terrain seines Bauches, bis hinunter knapp über den Rand seiner Shorts. Immerhin waren sie in der Öffentlichkeit. Aber nicht mehr für lange, wie sie hoffte. Gott, wie sehr sie es hoffte.

In seinen grünen Augen schimmerte ein Lächeln, zusammen mit Ideen und Hoffnungen, wie ganz viele geheimnisvolle Pakete, die eingepackt unter einem Baum lagen.

„Und das." Er zog sie in eine innige Umarmung. Mit der Nase schmiegte er sich in ihr Haar, als er erneut murmelte: „Nur das."

Epilog

Eine Woche später...

„Kommst du?“

Ryan streckte seinen Kopf aus der Kajüte der *Serendipity* und schaute zum Heck, wo Mia tropfend auf der Badeleiter stand und ihn drängte.

„Beeil dich!“

Als ob er sich an einem Morgen wie diesem beeilen würde, obwohl er jetzt schon eine ganze Woche davon gehabt hatte. Morgens nicht zu einem Wecker, sondern zur Sonne aufzuwachen und nichts zu haben, wohin er eilen musste, außer zu Mia. Und sie war immer genau da, wo sie am Abend zuvor eingeschlafen war, und wartete auf ihn.

„So eine New Yorkerin. Immerzu in Eile“, schimpfte er, als er an Deck kam.

Er musste die Augen zusammenkneifen. Nicht nur wegen der Morgensonne, die vom Wasser reflektiert wurde, sondern auch, weil sie nackt gebadet hatte. Ihre Haut glitzerte und ihr Haar ebenfalls. Mein Gott, wie sollte sich ein Mann für das Schnorcheln begeistern, wenn er sich stattdessen das hier anschauen konnte? Dies anzuschauen und zu wissen, dass ein Teil ihres Strahlens sein Verdienst war und dass er so weitermachen konnte, weil sie Vertrauen hatten, Verständnis und jede Menge anderer Worte, die nicht einmal in seinem Wortschatz vorgekommen waren, bevor Mia in seinem Leben auftauchte.

„Die Fische rufen nach dir.“ Sie deutete auf das Wasser.

Sein Schwanz rief auch nach ihm, aber der würde noch ein wenig warten müssen.

Die *Serendipity* trieb auf Wasser, das so klar war, als würde sie in Luft schweben, die von tausend tanzenden Lichtpartikeln erfüllt war.

„Ich komme." Er zog die Shorts aus, die er sich angezogen hatte, damit das Frühstück mindestens halbwegs zivilisiert vonstattenging. Aber es ergab keinen Sinn, darin zu schwimmen, denn sie würde nur nass werden, und in dieser abgelegenen Bucht mit nur einem Boot war niemand sonst zu sehen.

Mia stieß sich nach hinten ab, landete spritzend im Wasser und tauchte mit der von ihm so heiß geliebten Kopf-nach-hinten-Bewegung wieder auf. Hundert salzige Rinnsale liefen über ihr Gesicht. „Meinst du, wir können Hans überreden, uns diesen Anlegeplatz für immer zu überlassen?"

Er gluckste, denn Mia hatte Hans um den kleinen Finger gewickelt, und sie wusste es nicht einmal. Hans hatte Genehmigungen für Dutzende Anlegestellen auf Bonaire und hatte nicht vor, in nächster Zeit eine Gruppe zu diesem speziellen Tauchplatz zu bringen.

„Vielleicht lässt er sie uns noch fünf Wochen lang benutzen." Er grinste, denn fünf Wochen ohne Arbeit kamen ihm wie eine Todsünde vor. Aber wenn man angeschossen wurde, selbst wenn es Tausende von Kilometern von New York entfernt passiert war, musste man dafür doch etwas bekommen. Mit der Krankschreibung und den zusätzlichen zwei Wochen unbezahltem Urlaub, die ihm zugestanden worden waren, hatten er und Mia genug Zeit, um die Dinge zu klären.

Er sprang mit den Füßen zuerst ins kühle Wasser, denn er konnte seinen Arm noch nicht ganz über den Kopf heben, auch wenn sich die Wunde so weit geschlossen hatte, dass er schwimmen durfte. Tauchen durfte er noch nicht, aber damit hatten sie es beide nicht eilig.

Mia schwamm im Kreis herum, als er auftauchte, und schaute zum Boot hinauf. „Ich wünschte, mein Großvater könnte das sehen", seufzte sie.

Er gluckste und tätschelte ihren Hintern. „Vielleicht nicht alles davon."

Sie spritzte ihm Wasser entgegen. „In Ordnung, vielleicht nicht das Nacktbaden mit Officer Love, aber den Rest."

„Officer, wer?“

Sie schwamm näher an ihn heran und gab ihm einen nassen Kuss. „Officer du.“

Ihre Beine verschlangen sich ineinander und einen Moment lang dachte er darüber nach, sie über seine Schulter zu werfen und zurück in sein Versteck zu schleifen.

„Du meinst, ich muss das noch fünf Wochen lang ertragen?“

Sie schüttelte den Kopf. „Nein, du musst es nur drei Wochen lang ertragen. In den zwei Wochen danach kannst du Meredith und mir helfen, die *Serendipity* nach Grenada zu segeln. Wenn du immer noch Lust darauf hast.“

„Das würde ich mir für nichts auf der Welt entgehen lassen, Lady.“

Grenada. Noch vor einem Monat hätte er nicht einmal mit einem Pfeil auf eine Karte zielen können. Jetzt konnte man ihm die Augen verbinden und er könnte den Weg weisen. Ja, er und Mia hatten in den letzten Tagen auch andere Dinge geschafft als lange Kaffeepausen zwischen ihren Marathon-Sex-Runden. Sie hatten die Karte und die Wetterkarten studiert, als wären sie die Bibel, was sie für Segler auch waren. Er wusste also genau, wo sich Grenada befand, und was auf den vierhundert Seemeilen dazwischen lag. Mehr oder weniger eine Woche, in der er mit Mia und ihrer Schwester auf einem elf Meter langen Boot gegen den Wind segeln würde.

Ja, mit ihrer Schwester. Was in Ordnung war, denn es war immer noch um einiges besser als das, was er bei der Navy ertragen hatte. Und außerdem hätten er und Mia bis dahin etwas von der animalischen Energie abgebaut, die sie Tag und Nacht wie Karnickel vögeln ließ, nicht wahr?

Sie presste sich an ihn und er holte tief Luft. Vielleicht. Vielleicht auch nicht. Aber sie hätten zumindest *genug* davon abgebaut, um es wieder bis an Land zu schaffen. Und außerdem war Meredith ein wahrer Champion, dass sie ihn und Mia eine Weile allein auf der *Serendipity* wohnen ließ.

„Im Ernst, ich bleibe gern noch ein wenig länger und passe auf das Haus auf“, hatte Meredith gesagt und es klang sogar wahr. „So kann ich Bonaire wirklich erleben. Du weißt schon, die Insel ein wenig besser kennenlernen.“

„Ernsthaft?“, hatte Mia gefragt.

„Klar“, versicherte Meredith ihnen wieder und wieder. So oft, dass er sich am Ende doch gar nicht mehr so sicher war. Aber dann hatte sie gestrahlt und Mia zugeflüstert: „Celeste hat eine Verabredung mit ihrem Cousin für mich arrangiert. Meinst du, ich sollte gehen?“

Mia hatte gequietscht und ihr zwei begeisterte Daumen nach oben geschenkt. „Ich denke, du solltest auf jeden Fall gehen.“

Also hatte sich Meredith in ihr eigenes kleines Abenteuer gestürzt. Ein zahmeres Abenteuer, hoffte Ryan, als das, was er und Mia gerade überlebt hatten.

„Gott, ich hoffe, dass es ihr dieses Mal gut dabei ergeht“, hatte Mia geseufzt, als sie Meredith hinterhergeschaut hatte.

„Dieses Mal?“

Mia schüttelte nur den Kopf. „Es ist eine lange Geschichte. Eine traurige.“ Sie folgte ihrer Schwester mit dem Blick. „Ich hoffe, dass sie endlich... Nun ja... “

Er ließ es dabei bewenden. Meredith durfte ihre Geheimnisse haben, auch wenn er und Mia sich geschworen hatten, nichts mehr voreinander zu verbergen.

„Fünf Wochen mit dir, wo auch immer sie sein mögen, das gefällt mir gut“, murmelte er und zog Mia in eine weitere nasse Umarmung. „So lange ich auch danach noch viele Wochen bekomme.“

„Wochen?“, protestierte sie.

„Monate. Jahre.“ Er küsste sie zwischen jedem Wort. „Jahrzehnte.“

„Das klingt gut“, flüsterte sie in den kleinen Raum zwischen ihren Gesichtern.

Ja. Jahrzehnte, mindestens.

Er wollte sie wieder küssen, aber sie redete bereits weiter.

„Ich hoffe, der Typ von Brooklyn Divers hat nicht gescherzt, als er sagte, dass sie eine Stelle für mich haben.“

„Mia, die Besitzerin ist schwanger. Sie darf nicht tauchen und sie haben jede Menge Sommerkurse geplant. Also ja, ich bin mir ziemlich sicher, dass sie eine freie Stelle haben. Sie wissen, dass du großartig bist, und außerdem bekommst du eine tolle Empfehlung von Hans."

Sie lachte. „Eine Empfehlung von Hans ist wie eine Empfehlung von meinem Vater. Das zählt wohl kaum."

„Es zählt. Glaube mir, es zählt. Und außerdem hörte es sich so an, als wollten die Brooklyn Divers mehr Tauchreisen nach Bonaire organisieren, wenn sie das Personal dafür hätten."

Ihre Augen strahlten. „Ja, das wäre cool. Von Zeit zu Zeit hierherzukommen. Meinst du, du könntest es auch einrichten?"

Er drückte sein Gesicht an ihres. „Von Zeit zu Zeit."

Sie umarmte ihn fester. „Das könnte ich eine Zeit lang machen. Für die Brooklyn Divers arbeiten und ab und zu an tolle Orte reisen. Das Gehalt ist auch anständig... Vorläufig."

„Vorläufig?" Er zog eine Augenbraue hoch.

„Bis du bereit bist, New York zu verlassen, und den Job in Florida auszuprobieren." Sie wusste von seinem Plan B, denn er hatte ihr davon erzählt. Weil er sehr darauf achtete, ihr keine noch so unwichtigen Details vorzuenthalten.

Er drückte ihre Hände. „Noch zwei Jahre, Baby. Noch zwei Jahre." Zwei weitere Jahre sollten ausreichen, um sich einen Namen als einer von New Yorks Besten wirklich zu verdienen und sich würdevoll zurückzuziehen. Nach zwei weiteren Jahren, in denen sie beide sparen konnten, sollten sie gerade genug haben, um sich in das Tauchbergungsgeschäft seines Kumpels einzukaufen. Er und Mia, sie beide.

Aber diese Hürde würden sie überwinden, wenn es so weit war. Für den Moment war das hier perfekt. Mehr als perfekt, um genau zu sein.

Als Mia einatmete, hob sich ihr ganzer Körper, und als sie ausatmete, war es ein weiterer glücklicher Seufzer, der ihn ein wenig nach hinten rutschen ließ. Sie hielt die Masken und Schnorchel hoch, die in ihrer Hand baumelten, während sie neben ihm im Wasser trat. „Vielleicht sollten wir Schnorcheln gehen."

Er zog sie zu einem weiteren Kuss an sich. Ein Ganzkörperkuss, der von seinen Lippen bis zu seinen Zehen reichte, denn wozu die Eile?

„Irgendwann", hauchte er nach einem weiteren Marathonkuss.

Ihre Mundwinkel zuckten unter seinen Lippen, während sie halblaut vor sich hin murmelte. „Irgendwann."

Ja, *irgendwann* war die Art von Uhrzeit, nach der er sich für den nächsten Monat oder so richten wollte.

„Keine Eile", brachte er hervor.

„Keine Eile." Sie schob ein Bein hinter seines und presste ihre Hüfte an ihn.

„Du bringst mich um, Mia."

„Auf die bestmögliche Art und Weise, oder?"

Er wollte lachen, aber seine Brust fühlte sich eng an. Es schien einer dieser Momente zu sein, in denen er ihr sagen sollte, wie schön das Leben war. Aber es fiel ihm – wie immer – schwer, die richtigen Worte zu finden.

Mia schien jedoch seiner Gedanken zu lesen, denn ein Lächeln huschte über ihre Lippen. „Ich verstehe es, Ryan", murmelte sie. „Ich verstehe es."

Anmerkung der Autorin

Ich hoffe, du hast das Abenteuer auf Bonaire genossen! Falls du in Versuchung gerätst, eine Landkarte zu zücken, möchte ich dir die Fakten verraten. Während einige Orte in dieser Geschichte genauso beschrieben sind, wie du sie bei deiner nächsten Reise in die Karibik vorfinden wirst, entspringen andere ganz meiner Fantasie. Du kannst mir also eine Postkarte aus Kralendijk schicken und die Feierlichkeiten in Rincon genießen (jedes Jahr am 30. April), aber suche nicht zu lange nach Wilhelm's Baai oder dem Wrack der *Henry Aalders*, außer auf den Seiten dieses Buches. Ansonsten, *Bon Voyage* – auf deiner Reise in die Karibik oder bei deinem nächsten romantischen Sesselabenteuer-Roman!

Sneak Peek: Sinnliche Strömung

Meredith Whitman ist in der Karibik ganz sicher nicht auf der Suche nach Ärger, und schon gar nicht in Form der russischen Mafia. Sie möchte nichts anderes, als genügend glutroten Sonnenuntergängen zuzusehen, um die Tragödien ihrer Vergangenheit zu vergessen. Und doch ist es Ärger, den sie bekommt, – zusammen mit einer zweiten Chance auf die wahre Liebe.

Toussaint „Tuss" Anderson ist ein Mann auf einer Mission, bei der es eigentlich nicht darum geht, Jungfern in Not zu retten. Doch als es Kugeln zu hageln beginnt, steht er plötzlich genau der Frau gegenüber, die er nicht mehr aus dem Kopf bekommt. Jetzt befindet auch er sich in der Schusslinie und muss sich mit einem skrupellosen Feind herumschlagen. Kann er einen todbringenden Kriminellen überlisten? Und kann er es schaffen, ohne dabei sein Leben – oder sein verliebtes Herz – zu verlieren?

Weitere Titel von Anna Lowe

Karibische Abenteuerromantik

Funken der Lust

Prickelndes Wagnis

Süße Verstrickung

Verlockende Tiefe

Sinnliche Strömung

Aloha Shifters - Juwelen des Herzens

Der Ruf des Drachen (Buch 1)

Der Ruf des Wolfes (Buch 2)

Der Ruf des Bären (Buch 3)

Der Ruf des Tigers (Buch 4)

Die Verlockung des Drachen (Buch 5)

Der Ruf des Fuchses (Buch 6)

Aloha Shifters - Perlen des Verlangens

Drachenrebell (Buch 1)

Bärenrebell (Buch 2)

Löwenrebell (Buch 3)

Wolfsrebell (Buch 4)

Rebellenherz (Buch 5)

Alpharebell (Buch 6)

Töchter des Feuers - Billionaires & Bodyguards

Töchter des Feuers: Paris (Buch 1)

Töchter des Feuers: London (Buch 2)

Töchter des Feuers: Rom (Buch 3)

Töchter des Feuers: Portugal (Buch 4)

Töchter des Feuers: Irland (Buch 5)

Töchter des Feuers: Schottland (Buch 6)

Töchter des Feuers: Venedig (Buch 7)

Töchter des Feuers: Griechenland (Buch 8)

Töchter des Feuers: Schweiz (Buch 9)

Die Wölfe der Twin Moon Ranch

Verlockung des Jägers (Buch 1)

Verlockung des Wolfes (Buch 2)

Verlockung des Mondes (Buch $2\frac{1}{2}$ – Vier Kurzgeschichten)

Verlockung des Alphas (Buch 3)

Verlockung der Wölfin (Buch 4)

Verlockung des Herzens (Buch 5)

Weihnachtsverlockung (Buch 6)

Verlockung der Rose (Buch 7)

Verlockung des Rebellen (Buch 8)

Verlockende Begierde (Buch 9)

Die Bären des Blue Moon Saloons

Perfekte Gefährten (die Vorgeschichte)

Verlangen des Bären (Buch 1)

Verlangen des Wolfes (Buch 2)

Verlangen des Alphas (Buch 3)

Verlangen des Gefährten (Buch 4)

Verlangen der Wölfin (Buch 5)

Süßes Verlangen (ein Festtagsschmaus)

Gestaltwandler in Vegas

Wolfspoker

Bärenpoker

Pantherpoker

Drachenpoker

Karibische Abenteuerromantik

Funken der Lust

Prickelndes Wagnis

Süße Verstrickung

Verlockende Tiefe

Sinnliche Strömung

Travel Romance

Im englischen Original bei Amazon erhältlich.

Veiled Fantasies

Island Fantasies

www.annalowe.de

Über Anna Lowe

USA Today und Amazon Bestseller Autorin Anna Lowe schreibt fesselnde Romane mit tatkräftigen Heldinnen und unwiderstehlichen Helden in exotischen Umgebung, mit jeder Menge Zündstoff für scharfe Romantik.

Sie liebt Hunde, Sport und Reisen, die auch die Inspiration für Ihre Bücher liefern. Wenn Anna nicht gerade in die Arbeit an ihrem nächsten Buch vertieft ist, kannst Du Sie am Wochenende beim Wandern in den Bergen antreffen. Egal wo und wie – sie wird den Tag mit einem leckeren Stück Zartbitterschokolade ausklingen lassen.

Einfach mal vorbeischauen, auf **www.annalowe.de**.